U00287O8

關於我靠前世所學讓
底層職業
的馴魔師
大翻身這檔事
The Useless Tamer
Will Turn into the Top Unconsciously
by My Previous Life Knowledge.
3
Author ◆
可換 環
Illustration ◆
カット

CONTENTS

在瓦里烏斯前往謁見國王的時候。

阿提米絲正透過千里眼觀察著麒麟的狀況。

「嗯～總覺得牠臉色好像不太好的樣子……」

阿提米絲本來是為了找麒麟閒聊打發時間，所以用千里眼看看麒麟現在是否方便通話的。

然而她卻看見麒麟的表情好像有點奇怪，不禁猶豫該不該通話了。

雖然麒麟並沒有表現出身體不適的樣子……但阿提米絲就是覺得牠的膚色看起來好像有那麼一點點蒼白的樣子。

老實講，那只是誤差的範圍。

阿提米絲認為應該是自己想太多了。

「……不過還是改天吧。」

即便如此，依然無法消除心中疑慮的她……最後還是決定這次不要通話，先觀察一段時間再說。

在這時候——就連麒麟本身都還沒注意到。

其實在牠內部正舉行著一場會議。

◆　◆　◆

同一時刻，於某處。

在一片緊張的氣氛中，**三個靈魂**正互相用精神感應交談著。

『……你們也有感受到吧？』

『是啊。沒想到事情居然變成那樣。』

『那傢伙竟然會完全被消滅掉……』

這些靈魂全都表現得非常震驚。

因為在人世發生了誰都料想不到的事情。

『那傢伙遭到消滅的事情本身就算了。反正那傢伙在我們之中是最弱的。但現在問題在於……引發這個事態的【弒神者】。關於那個【弒神者】，你們有何意見？』

三個靈魂之中最強大的存在如此詢問另外兩個靈魂。

對於這個問題，其中一個靈魂首先回答：

『我們全員出動，齊力處置【弒神者】吧。』

『……【弒神者】終究只是個人類，有何必要做到那種程度？』

聽到那個回答，最強大的靈魂進一步如此問道。

『因為那【弒神者】是個馴魔師。他對於麒麟拜託的事情想必會積極提供協助。雖然靠【弒神者】現在的神通力操作能力應該還辦不到……但萬一他成長到有能力對麒麟進行手術，我們就完蛋了。現在可不能悠悠哉哉抱著他反正是個人類，等他老死就好之類的想法。』

『人類對神進行**手術**……再狂妄也該有個限度，但如果是麒麟就真的可能會拜託那種事情。那傢伙的確可說是無法忽視的威脅。在殺害【弒神者】這點上，或許不可有任何一絲猶豫。』

最強大的靈魂如此表示後，霎時一陣沉默。

接著打破沉默的，是剛才都沒有加入討論的另一個靈魂。

『然後呢？具體上今後要怎麼做？』

他不等其他靈魂發言，又繼續說道：

『我會提早自己化為肉身的週期。畢竟要是等待通常的週期到來，搞不好【弒神者】會成長到難以應付的程度。現在應該不是考慮什麼代價問題的時候吧。』

聽到這段話，其他兩個靈魂也表示：

『我也那麼辦。』

『贊成。』

如此這般，他們的行動計畫一瞬間便決定下來，結束這場會議。

接著，他們為了緊急高速化為肉身，各自開始準備了。

得到【結構】的覺醒進化素材後，想說去精煉一下上露娜金屬而前往精銳學院附屬迷宮的我，在路上回想起謁見時的事情。

這次的謁見最終以「讓我獲得治外法權以及精銳學院的學分」，這樣的結果落幕了。

沒有增加什麼可能對我造成束縛的東西，只有獲得我想要的東西（雖然我覺得未免獲得太多就是了），而且也讓國王理解了馴魔師的真正價值所在。

由於「克努斯箭號希望」的復活宣言，預定要在戰技大會的頒獎典禮上一併發表的緣故，讓我變得必須參加自己原本完全沒打算出場的戰技大會。這點雖然讓我一時有點不知所措，但只要想成是向大眾宣傳馴魔師實力的好機會，其實也不差。

整場謁見的過程簡直可說是完美無缺。

雖然說，才這個年紀就有人來提親的那件事實在讓我很驚訝就是了。

真受不了。與其跟貴族成為什麼親戚，巧妙設定條件利用死者復生之類的方式，讓符合自己喜好的女孩子復活都還比較好呢。

「啊，這麼說來……」

在這邊想到死者復生的我……腦中頓時浮現一個單純的疑問。

「施展死者復生時神通力的那個流動方式，如果用魔力重現會如何？」

我在學習死者復生的時候，首先練習的是利用神通力模擬施展回復魔法時魔力的操作方式。

而當時得到的結果是，神通力的流動被擅自修正，幾乎可說是自動發動了死者復生。

那麼反過來想。

如果換成用魔力完美重現出那個經過修正的神通力流動——又會如何？

會不會發現什麼新的魔法呢？

我對這點忽然感到在意起來。

如果透過這個實驗……讓我發明了舉例來說，「用露娜金屬製的手術刀切除麒麟體內的邪神靈魂，在完全不傷害到麒麟的狀況下只讓邪神們消滅」之類的魔法，那可就賺到啦。

雖然這只是開開玩笑啦——呃不，我希望能找到這種魔法是真的，但要獲得那麼方便的魔法根本是痴人說夢吧。即便如此，若能得到什麼多少有所用途的魔法，我還是會很高興。

假設想得比較現實一點，能夠期待的魔法大概就像素材複製魔法之類的吧。

畢竟是跟死者復生同樣的力量操作方式，如果是像「讓死者的肉體倍增」之類的效果，我總覺得應該有可能。

要是發現那樣的魔法，將能夠交換成覺醒進化素材的魔物屍體大量複製，一口氣獲得大量素材，對我來說幫助就非常大了。

我一邊抱著這樣的期待，一邊開始思考步驟。

既然是用近似回復魔法的方式操作魔力……這次要嘗試的魔法應該很有可能是對受傷或死亡的魔物發揮效果的東西。

那麼如果要進行這次的實驗，首先必須到有魔物的地方才行。

於是，我利用空間轉移來到載著高卡薩斯與巴力西卜待命的筋斗雲上，朝王都的郊外出發。

『瓦里烏斯，我們要到哪裡去？』

『要說哪裡嘛……我想做個小小的實驗。』

『哦~又是要使用什麼藥物的實驗嗎？』

『不，這次的內容並不是那樣。』

就在我們如此交談並移動了一段距離時，我發現遠方有一隻大猩猩型的魔物……

於是用金箍棒狙擊牠的頭部後，降落到那近處。

「……好，看來沒問題。」

我檢查了一下那隻魔物確實已經喪命。

檢查完後……我馬上開始嘗試模仿死者復生的神通力流動方式操作魔力。

結果……從那魔物體內跑出一顆表面浮現紫色幾何學圖案的亮白光球，飛到我手上。

「……原來如此。是情報抽取類的魔法啊。」

感到有點意外的我如此呢喃。

情報抽取類魔法。

顧名思義，就是能夠從發動對象獲得什麼情報的魔法。

在前世也有幾種魔法會像這樣變出帶有幾何學圖案的光球。

然後有個共通點是，那些都是情報抽取類的魔法。

因此現在這個魔法應該也是同種類型不會錯。

雖然說，這次我使用的魔法在前世並不存在，因此具體上究竟抽取出了什麼樣的情報必須等實際看了才知道。

那就馬上來看看吧。

我對地上砂石含有的石英施展鍊金術師的魔法，製作出一顆臨時用的水晶球。

接著，我讓剛才的光球接觸那顆水晶球。

這是閱覽抽取出來的情報最典型的方法。

如果剛才的魔法真的如我所想，應該就能用這個方法閱覽才對。

我這麼想著，等了一段時間後……水晶球從接觸到光球的部分開始逐漸發生變化。

看來姑且成功了。

不出我所料，模仿死者復生的方式操作魔力所發動的魔法，果然是情報抽取類的魔法。

『發……發生什麼事了？』

『哇靠！超炫的～』

大概是水晶球發光的方式很特殊的緣故，高卡薩斯和巴力西卜也都很好奇地探頭看過來。

『我剛剛在進行一種新魔法的實驗……發現那似乎是一種情報抽取類的魔法。然後這顆水晶正在顯示出那個情報。』

『原來如此。那是什麼樣的情報？』

『這個嘛……』

然而……對於高卡薩斯的詢問，我頓時回答不出來。

這是因為……剛才使用的魔法毫無疑問是情報抽取類不會錯，但我完全搞不懂它究竟抽取出了什麼樣的情報。

畢竟是透過史無前例的魔法抽取出的情報，因此我不曉得該怎麼解讀啊。

仔細想想，前世關於情報抽取類魔法的教科書上，都是把魔法發動的方法與解讀的方法寫在一起。

所以我從來沒有想過會遇上「必須先從情報的解讀方法開始構築」的狀況。

既然不知道水晶球的讀取方法，這類的魔法就沒有意義。

難得開發出來的這個魔法，搞不好要束之高閣了。

但是……我還不太想放棄。

既然都嘗試了，我就參考其他情報抽取類魔法的解讀方法，試試看能不能多少解讀這次的魔法吧。

我這麼想著，為了尋找有沒有什麼線索而仔細觀察水晶球。

結果……

「……原來如此原來如此。是 mxml 啊。」

由於這次的魔法跟我所知的情報抽取類魔法實在差異太大，絕大部分我都沒辦法讀取。

但唯有一處，我在水晶球上發現了似曾見過的模式。

這模式代表這次抽取出來的魔法是屬於一種叫「mxml」的格式。

mxml。

魔導可延伸標記式語言。

如果是使用這種格式組成的情報……只要透過某種魔道具讀取，就能輕輕鬆鬆用人類可以理解的形式顯示情報了。

至於那個魔道具的製作方法，我在前世大學的通識教育就有學過。

『關於這個情報的內容，如果不先製作一種專用的魔道具來看就沒辦法知道……所以等我完成那個魔道具之後，再告訴你們從情報裡知道了些什麼吧。』

如此告訴牠們兩隻後，我們又回到筋斗雲上。

接著……我們就朝可以收集到那個魔道具製作材料的地方出發了。

第2話 計算液晶

『你說專用的魔道具……是什麼樣的魔道具啊？』

『就是計算液晶。』

坐著筋斗雲飛行的路上。

我對高卡薩斯提出的問題如此回答。

沒錯。

這次我為了讀取 mxml 格式的情報而打算製作的魔道具，名稱叫「計算液晶」。

在前世有一種叫「魔導電腦」的機械……而計算液晶可說是它的簡易版。

雖然功能與性能上不如魔導電腦，但相對地其特色就是構造上較單純，是一種即便只具備簡單的知識與技術也能夠製作的魔道具。

至於我現在為什麼要製作計算液晶，就是為了使用一種可以在計算液晶或魔導電腦上運行的程式「試算表（Spreadsheet）」。

「試算表」是為了統計、分析並輸出 mxml 資料的專門程式。

所以我打算用那程式解讀看看，剛才開發出來的情報抽取魔法所抽取出來的魔法內容。

其實如果不要退而求其次，能夠直接製作魔導電腦當然是最好的……但關於情報魔術，我在前世只有學習到大學通識教育的程度而已。

老實說，現在的我頂多只能製作到中階性能的計算液晶。

而且講白了，「試算表」是幾乎不用要求什麼性能的程式，而且除此之外的功能在這次的目的上完全不會使用到。

因此就算我假設具備製作魔導電腦的技術，現在還是退而求其次製作計算液晶會比較合理。

話說回來……計算液晶的製作材料，其實並非全部來自魔物。

關鍵的液晶和高分子配向膜雖然必須利用魔物當素材，不過裝在其外側的玻璃基板等部分光是用隨地收集的沙子等材料就能製作了。

反正到達目的地之前還有一段時間。

『巴力西卜，這東西……你可以幫我變換成玻璃嗎？』

我就趁這段移動時間用隨便撿來的沙粒製作玻璃板吧。

◇

後來過了幾個小時……我們來到大海上空。

『高卡薩斯，我接下來會把魔物引誘到海面，你把牠抓起來帶到我這邊。』

『了解。』

在我的指示下，高卡薩斯降到海面附近待命。

我一邊看著牠降落，一邊把用增味劑揉成的團塊綁在金箍棒的前端。

利用這玩意把目標魔物引誘到海面附近。這就是我的計畫。

發動探測魔法後……我發現應該是目標魔物的傢伙就在水深約六百公尺處。

「找到了。」

我讓金箍棒伸長到那魔物面前……再用獵物快要追上又追不上的速度縮短金箍棒。

那隻魔物以迅猛的速度追著金箍棒前端……短短十幾秒就現身海面了。

高卡薩斯馬上用大顎抓住那隻魔物……把牠帶到筋斗雲上的我們眼前。

『這樣就行了嗎？』

『嗯。我接著要剁開牠，你幫我在這裡鋪一塊對物理結界。』

聽到我這麼說，高卡薩斯便展開一面對物理結界，把抓來的魔物放到上面。

由於那魔物一直在亂動，感覺隨時都會逃出去，於是我立刻把露娜金屬製的劍刺到牠的鰓上，讓牠斷命。

……是克拉肯啊。

計算液晶的液晶素材是使用烏賊類魔物的肝臟製作，因此我想抓的是這類的魔物……結果讓我抓到了在其中屬於較優秀的素材呢。

只要用這個材料，就能製作出性能還不錯的計算液晶。

真是太幸運了。

我用露娜金屬製的劍一步一步進行解體作業。

取出肝臟後，我把剩餘的素材都收納起來。

接著用魔法從那個克拉肯的肝臟抽取液晶。

然後用剛才在路上製作的玻璃板將液晶夾起來……液晶螢幕就完成了。

順道一提，這個玻璃板已經有鍍好高分子配向膜。

把高分子配向膜鍍在玻璃板上，是讓液晶發揮螢幕功能的必要程序之一……而多虧巴力西卜在移動路上已經利用收納魔法中拼湊的材料完成了這道程序，所以我現在沒有必要做這個步驟。

接下來只要把「試算表」的程式透過魔法賦予到這塊液晶上。

「計算液晶，完成啦。」

啟動液晶，看到螢幕顯示出那個有一堆格子的畫面後，我如此呢喃。

剩下的工作就是把那個情報抽取魔法的情報實際匯入其中……不知道究竟會出現什麼樣的情報呢。

真是教人迫不及待啊。

我從收納魔法拿出剛才的魔物，再度發動那個新魔法。

結果就出現了跟上次同樣的光球。

我接著讓那顆光球接觸剛製造出來的計算液晶的畫面。

等光球完全消失後……計算液晶的畫面上顯示出縱橫皆有十個項目以上的巨大表格。

表格標題是『魔物特徵及其要素對應表』。

「……先來看看整體吧。」

我降低表格的放大率，讓表格整體都能顯示在畫面上。

可是……那樣文字會變得太小，不易閱讀。於是我再度放大表格，決定用捲動的方式細看整體。

「讓我看看喔……」

我確認了一下表格內容……縱軸有『體力』、『智力』、『魔力』、『擅長屬性』等項目，一直到最後的項目是『特異事項』。

橫軸則是『數值／內容』、『對應內部要素（染色體編號）』、『對應內部要素（核酸序列）』、『環境要素』等等項目。

「……好厲害。居然可以知道這麼多。」

看到如此詳盡的表格，我忍不住如此呢喃。

前世存在的情報抽取類魔法之中，也不是沒有分析魔物情報的魔法……但是沒有一個能夠分析到這麼詳盡。

當中尤其誇張的，是竟然能夠直接知道魔物特徵與基因情報的對應關係。

假如讓前世的魔物生物學家知道了這些情報，搞不好會當場暈倒呢。

要說這到底有多誇張，就是只要知道這些情報，甚至能夠推定出理論上覺醒進化效果最大的魔物。

其實在前世透過學者們的研究，有開發出「只要有魔物基因情報的巨量資料庫，就能得出覺醒進化效果最大的魔物」這樣的演算法。

然而在前世雖然有這項演算法，卻由於最重要的魔物遺傳情報的巨量資料庫不存在，讓這個演算法幾乎可說是塵封狀態。

但是只要有辦法抽取出那個演算法所必要的情報……也就是蓄積大量的魔物資料，便能夠引導出解答了。

關於那個演算法本身，我在前世有把當成開放原始碼公開出來的東西記起來，所以只要將那程式賦予計算液晶就能夠使用。

魔物的巨量資料庫也只要我到迷宮和自盡島，對所有遇上的魔物都發動情報抽取魔法，不久後應該就能收集到足夠讓演算法得出解答的量。

自從歷史上第一次的覺醒進化以來，找出透過覺醒進化能發揮最大威力的魔物，一直都是馴魔師們最大的課題。

沒想到我現在竟然能夠以這樣的形式挑戰這項課題，實在讓人感慨萬千。

而且不只這樣……既然有如此詳盡的情報，想必也能得出像是非正規的魔物討伐方法或是發明新魔法藥、新魔道具等等的副產物吧。

高效率找出覺醒進化素材的方法，甚至利用過去無法換成素材的魔物進行量產的方法等等，發現這些方法的可能性也絕非是零。

假若真的實現那樣的方法，過去都認為只能透過「我贈送素材的馴魔師自己去收集素材，又進一步把素材送給後進」這種連鎖方式，增加對象的覺醒進化，或許就能飛躍性地加快普及速度了。

雖然這跟我一開始猜想的素材複製魔法相比起來，覺醒進化素材的量產能力比較差……但依然毫無疑問可以提升量產速度，而且如果把其他用途也考慮進去，綜合來講情報抽取魔法反而比較好。

邪神降臨的週期如果沒什麼意外，通常都有百年以上的間隔。因此我本來認為自己有生之年肯定不會遇上朱雀以外的邪神……然而如果成功開發出什麼不老的魔法藥，難得擁有神通力的我就有可能把其他三隻也消滅掉了。

實在沒有理由不去多收集情報來分析啊。

接下來一段時間，我就專心於抽取各種魔物的情報，並且將那些情報進行統計分析吧。

◇

就這樣……獲得計算液晶後過了三個禮拜。

我終於得出了最初的成果。

這三個禮拜來，我抽取了將近三百三十種魔物的情報。

把王都近郊迷宮以及精銳學院附屬迷宮全部階層的魔物都收集，並且去掉重複的部分，就有這麼多種類了。

至於統計分析的工作，我主要是把精銳學院附屬迷宮的第四十二層當成據點進行的。

理由是為了跟上露娜金屬的精煉工作並行。

畢竟上露娜金屬的精煉方法已經完全是單純作業，可以將大部分的工作都交給高卡薩斯與巴力西卜負責。

因此我可以和主要必須動腦的統計分析工作同時並行。

順道一提，學校的第二學期早已開始，但那部分沒有問題。

因為國王給我的學分從這個學期就能適用了。

選課時我有仔細確認過，如果把那些學分用在有缺課或沒有平常成績就沒辦法獲得最高評價的科目上，我這學期果然還是可以全部自主停課。

就是因為這樣，我這三個禮拜來都能專心進行統計分析的工作了。

畢竟分析了如此龐大的樣本資料，發現的東西自然也非常多……而我認為當中特別值得注目的是以下兩點。

首先第一點是：「能夠交換成覺醒進化素材的魔物，在特異事項的部分就會有『覺醒進化素材【設計圖】』之類的標示。」

然後第二點是：「如果對覺醒進化素材施加魔法，也能抽取出交換前的魔物情報。」

既然是否為覺醒進化素材的事情會被標記在特異事項，代表這個魔法可以知道覺醒進化素材的遺傳基因要素。

我根據這點建立了「如果製作出能夠檢測特定遺傳性狀的魔道具，是不是就可以簡單找出能交換成覺醒進化素材的魔物？」這樣的假說。

然後……這個假說完全被我講對了。

我根據分析出來的情報，成功開發出一種叫「覺醒進化素材雷達」的魔道具，能夠探測出可交換為覺醒進化素材的魔物所在的位置。

而在製作這個魔道具的過程中，從覺醒進化素材本身也可以抽取情報的這點，可說是幫上了大忙。

因為覺醒進化素材的分析，最辛苦的就是收集樣本數。

所以說過去已經收集的東西居然可以派上用場，老實講真的是太幸運了。

既然東西都製作出來……我接下來打算到自盡島去用這個魔道具收集覺醒進化素材。

畢竟得出了成果我就想快點試試看，而且真要講起來，我還沒收集到【動力】的覺醒進化素材嘛。

以前都只能用找到什麼就收集什麼的方式收集覺醒進化素材……但現在只要有這個魔道具，肯定一下子就能找出目標魔物了。

順道一提，關於之前提到的那個演算法，我姑且把目前收集到的所有魔物資料都丟進去開始計算了……但是我製作的這臺簡易型計算液晶如果要進行那樣龐大的資料計算並得出結果，感覺應該需要幾個月的時間。

如果在計算結果出來之前只是呆呆地等，根本是浪費時間。

所以現在能做的事情先做。我就去收集一下最後的素材，把覺醒進化素材全套湊齊吧。

坐著筋斗雲前往自盡島的途中，我進入夢鄉……等到醒來時，我們便已經抵達自盡島的上空。

我立刻從收納魔法拿出「覺醒進化素材雷達」……發動探測魔法。

接著很快啟動雷達的收訊機能。

這個覺醒進化素材雷達在機制上，是利用探測魔法的反射魔力，推算出特定魔物的所在位置。

所謂的探測魔法本身就是向周圍放出魔力波，根據其反射狀況判斷什麼地方有魔物的魔法……而那個放出的魔力波具有一種重要的性質。

那個魔力波只要接觸到帶有魔力的物體……就會從探測魔法使用者本來的波長，變化成該物體的魔力波長反射回來。

然後波長變化後的魔力波……在波形之中會含有顯示那隻魔物特徵的情報。

雖然魔力波的波形特徵，細微到靠人類的感覺沒辦法識別的地步……不過只要靠

魔道具，最起碼能夠識別到「是否符合特定特徵」的程度。

而我至今從魔物抽取收集來的情報，在這時就能派上用場了。

從魔物抽取出來的情報之中，有個項目是「魔力波函數」……只要製作出將探測魔法的反射魔力，與那個「魔力波函數」進行比較並判斷是否相似的魔道具，就能當成找出特定魔物的雷達了。

我就是注意到這點，所以準備了這樣的東西。

現在這臺「覺醒進化素材雷達」的設定，是只會識別「與能夠交換為『動力』覺醒進化素材的魔物共通的魔力波」。

換言之，在這個雷達有反應的場所找到的魔物，就確定是可以變換成『動力』覺醒進化素材的魔物。

雷達開始接收反射魔力後……沒過多久，畫面上便顯示出符合條件的魔物所在的位置。

「東方四點七五公里……地面附近是嗎？」

於是我為了獲得覺醒進化素材，朝雷達產生反應的地點移動了。

◇

我們到達雷達顯示的地點……可是那地方卻一隻魔物都不存在。

取而代之的，那是個看起來像迷宮入口的場所。

『嘿，這裡啥都沒有啊。』

『瓦里烏斯說的魔物難道在那迷宮裡嗎？』

巴力西卜和高卡薩斯紛紛如此說道。

「不，應該不可能是那樣才對……」

然而我怎麼想都不覺得目標魔物是在這座迷宮裡面。

雷達上確實顯示反應來自「地面附近」。

可是……不管我用千里眼怎麼尋找迷宮的第一層，都看不到一隻魔物。

更奇怪的是……不管我怎麼嘗試，都沒辦法用千里眼看到這座迷宮的第二層以下。

「這是……」

就在這時……我想到一個可能性。

這座迷宮……不，**這個看起來像迷宮的東西**會不會其實是「擬態成迷宮的魔物」呢？雖然我沒有實際看過……但我在前世聽過幾次關於那種魔物的傳聞。

我記得那魔物的名字叫艾霍特。

那是會擬態成迷宮引誘人類進入其中……利用化為亞空間的第二層以下將人類軟禁起來，等人類糧食耗盡變得虛弱之後再消化掉的魔物。

關於用千里眼沒辦法看到第二層以下的事情，只要假設是艾霍特的亞空間就能解釋得通。

要是我們沒有注意到這件事，直接進入那座『迷宮』……雖然應該可以用空間轉移脫逃出來啦，但還是會把時間浪費在沒有意義的尋找魔物行為上。

我向高卡薩斯做出這樣的指示。

『高卡薩斯，那個迷宮入口……你可以去把它從地面剝起來嗎？』

我聽說過，艾霍特在地面上的迷宮入口部分相當於人類的指甲。

既然如此……「剝迷宮入口」應該就像「剝指甲」一樣，可說是最典型的拷問手段吧。

只要給予酷刑，敵人想必就會放棄擬態，現出真面目。

到時候我們再全力攻擊牠就行了。

高卡薩斯把角插進迷宮入口底下後……一口氣把入口抬了起來。

結果下個瞬間……

「嘎呀啊啊啊啊！！！」

不知從哪裡傳來叫聲……接著迷宮便當場消失，出現一隻身上有大量眼睛、形狀不固定的魔物。

『好，巴力西卜也跟著上吧！』

那座迷宮果然就是擬態的艾霍特沒錯。

正當我這麼想的同時，那兩隻已經對艾霍特展開波狀攻擊，轉眼間削弱敵人的體力。

沒過多久，艾霍特就變得動也不動了……於是我把牠的屍體回收到收納魔法中。

……這下六種覺醒進化素材都湊齊啦。

『高卡薩斯，巴力西卜，不久之後你們就會有後輩囉。』

『哦哦，終於啊。真是期待。』

『呀齁～！』

雖然說，那也要等那個演算法得出計算結果之後就是了。

我拿出魔獸脆片餵牠們兩隻的同時，看了一下計算液晶上顯示著「計算中（估計完成百分之二）」的螢幕畫面。

後來我為了多少增加一些給演算法的推算材料，在自盡島上也進行了抽取魔物情報的行動……不知不覺間，這一天終於到來。

也就是國王要求我出場的戰技大會。

雖然我原本完全沒有要出場的打算，但是在這場大會上同時也要舉行拯救「克努斯箭號希望」的表揚典禮，讓我變得沒有缺席的餘地了。

由於這次的會場據說是在精銳學院，所以我現在暫時從自盡島回來，正在前往學院的路上。

既然都決定要出場了，我想說稍微看一下大會的簡介小冊子……結果在戰技大會的概述部分寫有以下的內容。

首先，這個大會的舉辦目的主要有二。

其一是為了提升鍛鍊學習的動力，互相接受刺激。

藉由讓騎士團的人見識優秀學生的表現，讓學生們見識現役軍人校友的強大實力，使彼此產生「自己不能輸給學生」或是「我想變得像畢業學長那樣強」的想法。

這似乎就是大會的目標。

然後第二個目的是因為大會內容以表演活動來說也容易炒熱氣氛，因此就順便讓它成為了一項舉國同樂的大活動。

比賽的勝負決定方式非常單純明瞭，只要出界到場外或是無法再繼續戰鬥就輸了。

但是萬一讓對手喪命則判定為犯規落敗。

在武器使用上，除了大砲之類的指定戰略級兵器之外，要用什麼都ＯＫ。

在這個世界無論筋斗雲或金箍棒都還鮮為人知，所以也不可能被指定為什麼戰略級兵器，我當然可以使用。

光是在這點上，我就能說幾乎不可能掉到場外落敗了。

唯一必須小心的部分，就是不要把對手殺掉……但仔細想想，最壞的情況下我只要施展死者復生就行了。換言之，我甚至根本不需要擔心自己會犯規落敗。

簡直完全是對我有利的比賽規則嘛。

由於筋斗雲在我睡覺的時候就飛了好一段距離，因此我醒來後沒多久，便能看到精銳學院的校區了。

學院周遭的氣氛和平常完全不一樣……變得異常熱鬧。

不但從遠方就能看見來自四面八方的大量人潮，而且到處有各式各樣的攤販。

我聽說過這個戰技大會是相當熱門的活動，當天會因為前來觀戰的人潮讓現場變得有如一場祭典……但這規模完全超出了我的預想。

我本來為了讓自己多少正面看待參加大會的事情，才自我說服這是能夠宣傳馴魔師實力的好機會……

不過照這規模看起來，搞不好真的可以期待那樣的效果。

這下我變得沒有什麼「不得已下被迫出場」的感覺啦。

就在我想著這種事情，並通過下方人山人海的上空時……我用千里眼發現一塊寫有「精銳學院代表選手及關係人休息室」的看板，於是把筋斗雲收納起來，跟那兩隻一起空間轉移到那地方。

但是仔細一看……那塊看板下面還用很小的字寫著「前方30ｍ↓」。

根本是誤導人嘛。

我不禁如此抱怨，朝那方向走去。

結果……從一群站在走廊上講話的學生之間傳來這樣的對話聲：

「喂，你看到了嗎？那個一年級代表的比賽對手……」

「看到了看到了。居然是歐次騎士團。」

「太誇張了吧？為什麼那個騎士團會出場啦……那樣絕對不可能平安無事的。」

一年級代表的比賽對手……也就是我的對手啊。

那個對手怎麼了？

我來到休息室門前，看到門上貼有對戰表……於是我瞧了一下，比賽組合如下：

「戰技大會第一回合　對戰表」

一年級代表　瓦里烏斯　VS　歐次騎士團　戚法

二年級代表　愛蒂　VS　卡梅爾騎士團　普林杰

三年級代表　賽伊　VS　國王直屬騎士團　阿維尼爾

戰技大會是根據第一回合和第二回合兩次的比賽結果決定勝負……其中第一回合的比賽規則是分成三組一對一戰鬥。

而這張對戰表上寫的就是那個交戰組合。

關於出場選手的挑選方式，首先在人數上，雙方合起來共六人。

精銳學院的代表原則上是由各年級的首席出場，騎士團方面則是從「國王直屬騎士團」確定出場一名，然後剩下兩個出場名額從全國各地的騎士團中隨機挑選。

「國王直屬騎士團」是完全由精銳學院的畢業校友們組成的菁英部隊，擁有和其他騎士團明顯不同等級的實力。

那樣的「國王直屬騎士團」代表在第一回合比賽的對手，固定都是三年級首席。

以上就是我在謁見國王的時候已經知道的情報。

然後這次大會看起來也沒有例外的樣子。

可是……從剛才那些學生交頭接耳的氣氛感覺起來，身為我比賽對手的那個「歐次騎士團」的選手似乎才是最可怕的傢伙。

那究竟是怎麼一回事？

哎呀，在這邊胡亂猜想也沒有意義。反正我只要記得比賽的時候小心提防就好，現在先在休息室打發時間吧。

◇

進入休息室過了一會後……忽然有一名男子來向我搭話：

「瓦里烏斯，好久不見啊！」

我轉頭一看……發現是以前B級升等測驗時擔任測驗官的伊弗路保・蒂艾。

為什麼這個人會在休息室？

……哦哦，是二年級代表的關係人啊。

「請問你不過去那邊沒關係嗎？」

「你那頭髮，看起來感覺不錯嘛。」

我指著愛蒂的方向詢問……可是卻被他含糊帶過了。

哦哦，頭髮嗎？

我現在的頭髮看起來就像挑染過一樣，呈現黑髮與金髮交雜的髮色。

其實我一開始本來打算完全染黑的，但後來覺得這樣或許比較稀奇，比較容易讓人們留下印象，所以就試著留成這樣了。

如果這樣看起來感覺不錯，那就太好啦。

「很高興聽到你這麼說。」

就在這時……我注意到伊弗路保的額頭好像有點瘀青的樣子。

「那個傷，請問是怎麼了？」

「哦哦，你說這個……你之前謁見國王的時候，不是有談到提親的事情嗎？那門親事其實是我推薦的，可是被那孩子知道這件事的時候，我們稍微發生了一點狀況……」

在我一問之下……竟爆出了這樣令人震驚的事實。

我本來還猜想說或許蒂艾家除了那傢伙以外，還有其他姊姊或妹妹……沒想到真相居然是事前未徵得本人同意。

這……未免太誇張了吧。

而且整起事件的開端居然是伊弗路保。

他剛才把我的問題含糊帶過……該不會也跟這件事有關吧？

這有點……不能隨便放過呢。

「那真是辛苦你了。呃……這個喝下去就會好囉。」

我從收納魔法中拿出一個瓶子遞給伊弗路保。

「……藥？這是什麼藥？」

「萬靈藥。」

「萬靈……萬？不不不，為了這種小傷就喝萬靈藥，再怎麼浪費也該有個限度吧！」

「反正可以量產，還特地去準備其他藥效比較差的東西反而麻煩啊。」

「該怎麼說，這實在很像你的作風……嗯，那就謝啦……噗！」

……啊，順道一提，那瓶萬靈藥裡面有添加到溶解極限的食鹽。

我想說要報復他一下，所以剛剛在一瞬間偷偷動了點手腳。

反正鹽分攝取過多的負面影響也會被萬靈藥的效果完全消除，你就放心喝吧。

「嗚噁，好鹹。」

伊弗路保雖然嘴上這麼說，還是努力把萬靈藥喝乾了。

就在這時……我想說這難得是個收集情報的好機會，便試著向他問道：

「話說回來，伊弗路保先生，我的比賽對手好像是來自什麼歐次騎士團的樣子……請問你知道他們是什麼樣的人嗎？」

結果……伊弗路保的表情霎時轉暗淡了。

「歐次……啥！那群傢伙不是應該被大會判決禁止出場了嗎……？」

「呃不，可是對戰表上是那樣寫的啊。你要不要去看看？」

我如此回應後，伊弗路保就一臉無法置信地跑出去看對戰表了。

……被判禁止出場是什麼意思？

以前究竟發生過什麼事？

正當我感到疑惑的時候……伊弗路保依舊帶著驚訝的表情回到我這裡。

「居然是真的！嘿，太誇張了吧？」

他的聲音大到讓整間休息室都聽得到了。

……拜託你稍微小聲一點好嗎？

「呃……你說禁止出場，請問是發生過什麼事嗎？」

總之我先問問看自己最感到在意的部分了。

結果……從伊弗路保口中說出了我萬萬沒有預料到的內容：

「歐次騎士團啊……三年前在這個大會出場的時候，使用了教人難以置信的過分招式，害比賽對手死亡啦。」

「呃……死亡、嗎？」

我忍不住回問。

模擬戰確實難免會發生意外事故。

然而……如果讓比賽對手死亡的理由是出於意外，應該不至於判該名選手禁止出場才對。

既然說是「用教人難以置信的過分招式導致死亡」，恐怕當時歐次騎士團的選手是蓄意殺死對手的吧……但是大會明明有規定殺死比賽對手要判定犯規落敗，真的會有人那麼做嗎？

正當我如此思索的時候，伊弗路保繼續說道：

「歐次騎士團是和其他地方有點不一樣的特殊騎士團……他們並沒有受雇於任何貴族，是『只由鍊金術師組成的獨立騎士團』。由於專為戰鬥研發出來的鍊金術在這類型的大會上實在過於危險，所以那群傢伙就遭判禁止出場了。」

「哦哦，原來如此……」

聽完他這段話，我總算稍微可以理解了。

的確……畢竟所謂的鍊金術幾乎都是途中無法控制的招式。

如果當時是因為無法調整分寸，在不得已之下殺死了比賽對手，那就說得通了。

舉個例子，鍊金術師製作的戰鬥輔助藥劑中，有一種叫「終極直覺」的東西……使用那玩意的戰鬥方式就是典型的「無法控制的招式」之一。

「終極直覺」是一種喝下去會讓意識與肉體分離，然後身體會擅自做出最佳戰鬥動作的藥物。

品質較高的甚至會將周圍空氣都視為飲用者的一部分，讓一個個的空氣分子都擅自判斷行動。

因此使用這種藥的人有些甚至能夠凝聚電漿釋放等等，發動強力的攻擊。

相對的，這種藥也有缺點……那就是「終極直覺」一旦喝下去，直到把敵人殺死為止都無法停下「最佳戰鬥動作」。

所以本來在模擬戰使用這種藥物根本是愚蠢至極的行為……但假設是個無論如何都必須立下什麼戰果的鍊金術師在這個大會上使用了那種藥物，最後會導致那樣的結果也不難想像。

當然，動作的犀利度終究決定於飲用者本人的身體能力……即便能做出最佳戰鬥動作也依然有個極限。

不管怎麼說，那都不可能比得上有好好鍛鍊過的馴魔師認真施展的身體強化。

因此……在這場戰鬥中，根本不需要擔心我會輸吧。

如果只有那樣，就某種意義來講，也可以說「我不需要害怕對手會使用什麼卑鄙手段」了。

「……他們遭判禁止出場的理由只是那樣嗎？」

我保險起見問了一下。

「呃……關於戰鬥方面是只有那樣沒錯啦。除此之外嘛，例如他們會拿市面上禁止流通的『食人魔殺酒』賣給觀眾之類的，在品行方面也有問題……」

「食人魔……殺酒？」

「哦哦，就是透過鍊金術製造出來的一種酒，酒精含量是用一般方法不可能實現的濃度。就是因為會販賣那種東西，讓他們有個別稱叫作『炎上騎士團』。」

「哦哦……」

……那個酒啊。

那個喝下去會有很高機率引發酒精中毒，我個人並不認為那是人類可以喝的東西就是了。

鍊金術師確實有酒鬼很多的傾向……但居然把那種玩意拿到市面上販賣，也太誇張了吧。

「總之……簡單來講，歐次騎士團只是一群『飲落飲落乎乾啦』的集團是吧。」

若只論跟我交手戰鬥的狀況，這種程度的認知應該就足夠了。

反正主辦單位肯定也是覺得「既然對手是我，解除他們的出場限制應該也沒關係，而且反而可以炒熱氣氛」，才做出這種判斷的吧。

這時會場廣播傳來第一場比賽即將開始的告知，於是我從座位起身。

「我會小心戰鬥的。」

留下這句話後，我便打開通往比賽會場的門。

「你啊……明明用年齡當理由拒絕了親事，對喝酒文化倒是知道得很清楚嘛……」

伊弗路保好像在背後說了些什麼話，但我沒有聽到。因為會場的歡呼聲太響亮了。

◇

我站上比賽會場的舞臺……發現比賽對手早已上場。

那就是這次要跟我交手的鍊金術師嗎？

抬頭看看，在對面觀眾席的圍欄上掛著應該是歐次騎士團準備的布條。

布條上寫有「當然我們會改過自新的啦，用鍊金術」的字樣。

……那群傢伙絕對沒有要改過自新的意思吧。

真的有打算改過自新的人，才不會講什麼「會改過自新的啦」，把這種事當梗開玩笑。

話說，從歐次騎士團的加油席還傳來「喂！戚法，你要是敢輸就罰你把食人魔殺酒一口氣飲乾！」的聲音……那些人根本不是來加油，完全是來看熱鬧的嘛。

就在我想著這些事情的時候……

我的比賽對手……忽然開始在地面挖洞，然後把看起來像植物種子的東西埋進洞裡。

……咦？既然要用那招……代表這次的對手不打算使用「終極直覺」嗎？

「你要棄賽就趁現在。」

歐次騎士團的選手——好像叫戚法的樣子——將某種液體澆在埋入地面的種子上，同時如此說道。

「這招是什麼，你應該知道吧？」

「是啊。」

哎呀，畢竟那是鍊金術師的代表性招式之一嘛。

我姑且看得出來對方打算做什麼事情，於是如此回應。

現在戚法準備使用的招式，叫「栽培戰士」。

那是透過鍊金術製作出特殊的種子與液肥，種植出戰鬥用僕人的招式。

這招也跟「終極直覺」一樣，具有一旦發動就無法控制的性質。

因為栽培戰士跟馴魔師的從魔不一樣，無法進行意識溝通。

一開始設定好攻擊對象後，栽培戰士就會遵循設定持續攻擊對象……所以如果想要取消攻擊，就只能把栽培戰士本身破壞掉了。

對方剛才會警告我說「要棄賽就趁現在」……簡單來講就是「趁現在還能取消種植的時候快放棄」的意思吧。

當然，我完全沒有那種打算就是了。

我如此想著，同時再度看向歐次騎士團的布條。

「話說回來……那個『會改過自新的啦』原來還頗認真的啊……」

我唸著布條上的字，說出這樣的感想。

栽培戰士這招絕不算弱……但是戰鬥能力上遠遠不如高等的「終極直覺」。

雖然要是我一下子就把栽培戰士破壞掉，對方有可能到最後還是會決定使用終極直覺……然而至少一開始先選擇使用比較弱的攻擊手段觀察情況，或許就是他們表達「改過自新」的方式。

他們其實本性並不壞嘛。我稍微感到安心了。

那麼……我們也來暖暖身吧。

『巴力西卜……麻煩你對比賽場地的土壤附加除草效果。』

我如此拜託巴力西卜，將土壤變質成栽培戰士無法生長的環境了。

沒錯。

栽培戰士……畢竟姑且算是植物，因此其實可以用這種方式妨礙成長。

現在栽培戰士總算還在萌芽的狀態。

本來應該再過兩秒鐘左右就會生長為成體。

但是……卻沒有變成那樣。

現在戚法的栽培戰士依然保持新芽的狀態，停止成長……只要再過十秒鐘，那子葉應該就會變黃枯萎了。

「……你太慢啦！栽培戰士們，上啊！」

戚法說著，把手指向我。

然而……不出所料，栽培戰士都沒有繼續成長。

「……呃，奇怪？咦、啊、枯、枯掉了！」

見到那狀況，戚法明顯慌張起來。

觀眾席上連帶地也逐漸騷動起來了。

「那傢伙係幹啥？」

「戚法他瞧起來亂慌張的。」

從歐次騎士團的加油席傳來混雜著為戚法擔心的方言聲音。

「你那個已經不會再長囉。」

我如此說著……同時用精神感應指示高卡薩斯『你幫我把他撞飛到場外』。

絕不給對方重整旗鼓的時間。

其實就算對方在這裡搬出最終手段（終極直覺）對我來說也完全沒有什麼問題……只是如果那麼做，又會平白讓歐次騎士團的評價變差了。

高卡薩斯抓住戚法後……原地高速旋轉，藉由離心力把對方甩了出去。

戚法沿著拋物線落向場外。

但是……從他口中忽然噴出猛烈的火焰，靠噴射力道改變軌跡，逃過了出界落敗的命運。

「……鍊金火息啊。」

鍊金火息。

將「食人魔殺酒」含在口中靠鍊金術化為酮類，當成燃料噴火的招式。

居然把那招拿來在半空中控制方向……真是個懂得臨機應變的傢伙。

順道一提，其實這才是食人魔殺酒本來的用途。

那絕不是製作來喝的玩意。

居然用那種東西說什麼「輸了要罰酒」……再怎麼愛鬧也該有個限度吧。

『巴力西卜，用催淚攻擊。然後高卡薩斯，你再把那傢伙丟出去一次。』

畢竟只要嗆到咳嗽就沒辦法施展什麼錬金火息了。

這次讓他確實出界吧。

就這樣……戚法這次真的掉到場外，讓我確定獲勝了。

與此同時，從精銳學院觀眾席及一般觀眾席上爆出歡呼聲。

在那樣的狀況中……我從收納魔法拿出一個瓶子，交給戚法。

「……這是？」

「萬靈藥。等你懲罰遊戲結束後就把它喝下去吧。」

「……啥？你若無其事地在講什麼……」

把食人魔殺酒一口氣飲乾……畢竟最壞的狀況下可能有暴斃的風險，而且就算不到那個程度，我也單純覺得他太可憐了。

萬一那個懲罰遊戲出了什麼事，我也會不好受。所以我才把萬靈藥給他的。

戚法收下萬靈藥後，表情頓時開朗起來……很有精神地朝歐次騎士團的加油席跑了過去。

「『食人魔殺酒』？那根本像喝水一樣啦！」

『啊，巴力西卜，你幫我把剛才給他的那瓶萬靈藥變得超級難喝。』

……我把萬靈藥給你可不是為了讓你要那種態度啊。

◇　◇　◇〔side：一般觀眾〕

當威法正在種植栽培戰士的時候。

觀眾席上……氣氛相當沉重。

「喂，那些傢伙……竟然不懂得記取教訓，又用那招……」

「出場禁令才剛解除，居然又用栽培戰士！」

由於戰技大會是相當熱門的活動，觀眾之中也有許多長年觀賽的忠實粉絲。

當然其中也有很多人，以前來看過成為歐次騎士團出場禁令原因的那場大會。

在那些人的腦中……不禁浮現出當年大會的慘狀。

也就是歐次騎士團選手派出的三隻栽培戰士，害精銳學院的學生葬送性命的景象。

「不、不過……再怎麼說他們應該都有準備什麼對策吧？讓栽培戰士不至於把對方選手殺掉的方法之類的。」

「誰曉得……」

在觀眾之中，也有人抱著一廂情願的樂觀想法說出這樣的發言。

然而那個意見……一下子就遭到否定了。

「關於這點啊……我反而很不安呢。你看那選手種植的栽培戰士數量，不是比以前少了一個嗎？如果他們以為那樣就可以算是手下留情……那就太糟啦。」

戚法這次種植的栽培戰士數量只有兩個。

這點讓觀眾反而感到更加不安了。

栽培戰士光是一隻就擁有充分超越選手實力的強度。

只是從三隻減少到兩隻，實在稱不上手下留情。

「差不多……要開始了……」

看到栽培戰士從種子冒出芽的樣子……觀眾都緊張得嚥了一下喉嚨。

再過幾秒鐘，那恐怖的植物就會現身了。

大家都這麼想著，靜觀事態變化。

然而……那個瞬間卻遲遲都沒有到來。

「……奇怪，怎麼回事？」

「歐次騎士團的選手好像抱頭苦惱起來了？」

看到新芽不但完全沒有成長，甚至反而泛黃枯萎的樣子……觀眾都困惑起來。

就在那樣一片困惑持續之中，比賽戰況接連進展。

「話說……那個精銳學院的選手，應該是馴魔師吧？」

「應……該是吧。他看起來有點像黑髮。而且那隻高卡薩斯似乎是聽從那個選手的指示在行動……」

觀眾的注意力移到了瓦里烏斯的從魔們身上。

「喂，歐次騎士團的選手被高卡薩斯扔出去了。」

「高卡薩斯雖然是被稱為甲蟲帝魔的強大魔物……但是有強到讓歐次騎士團的團員完全束手無策的程度嗎？」

觀眾的好奇心更進一步放到了瓦里烏斯的從魔出人預料的強大實力上。

就在這時……第二次的投摔成功，讓威法確定出界落敗了。

「那個馴魔師……贏了……？」

雖然對於栽培戰士沒能順利發動的事情感到鬆了一口氣，但萬萬沒有料到居然會是精銳學院方的選手會獲勝的觀眾……面對這個比賽結果都目瞪口呆了。

◇ ◇ ◇〔side：阿維尼爾〕

我叫阿維尼爾‧喬詹，是在這次的戰技大會中代表國王直屬騎士團出場的選手。

我現在……目睹了教人難以置信的景象。

歐次騎士團的選手派出的栽培戰士……竟然沒有成長就枯死了。

「什……那種事情、有可能發生嗎？」

我忍不住這樣驚嘆。

因為眼前發生的現象實在太過異常了。

栽培戰士不成長。這種事情本身其實並不那麼值得驚訝。

畢竟合成栽培戰士的種子和調配液肥等等都是高難度的鍊金術，即便是熟練的鍊金術師也偶爾會做出失敗作。

如果現在歐次騎士團的選手種下的種子沒有發芽……我應該也會覺得那只是「普通的失敗作」吧。

但問題就在於……這次的狀況是「已經發芽的種子，不知道為什麼沒有繼續成長就枯死了」。

判別栽培戰士是成功作還是失敗作的最大關鍵，就在於「是否有發芽」。

若澆上液肥也不發芽就是失敗作，而只要有發芽，就一定會生長為成體的栽培戰士。

這是從前至今透過種種研究得知的絕對事實。

然後一旦栽培戰士開始發育，就不可能阻止它成長。

關於這點，曾經也有幾名鍊金術師做過嘗試……但全都失敗告終。

可是現在……既然栽培戰士是發芽之後才枯死，就表示有人辦到了這項不可能的事情。

而且照現場狀況看來，可能做了這件事的人物只有那個馴魔師。

那個人究竟做了什麼？

說到底，為什麼會有馴魔師在精銳學院？而且還是首席？

關於今年的精銳學院，有幾項怎麼想都覺得像在騙人的傳聞……難道這傢伙就是那些傳聞的真相嗎？

現在我怎麼想也無從得知。

唯一可以確定的是……那位馴魔師是個超乎想像的異常存在。

這下……真是出現了一隻大黑馬啊。

我原本到今天早上為止，最期待的就是在第一回合和精銳學院三年級首席——賽伊的比賽……但如今已顧不得那種事情了。

為了明白那個馴魔師的實力，我必須全力以赴。

因此……雖然對賽伊很抱歉，不過第一回合為了保留體力，我就別太放水，早早結束比賽吧。

比賽結束後，我回到休息室。

結果伊弗路保馬上就跑來找我講話了。

「哎呀～真是太精采啦。沒想到你能夠如此漂亮地擊敗歐次騎士團啊。」

「不敢不敢。」

「話說回來……我本來只是亂猜說『如果是瓦里烏斯，搞不好能夠讓栽培戰士無法發動……』之類的，結果你居然真的辦到了。」

「這都要歸功於巴力西卜啊。」

我們如此討論賽後感想的時候，伊弗路保臉上始終帶著愉快的表情。

「而且……歐次騎士團的人大概是認為不能做得太過火，所以這次並沒有使用『終極直覺』嘛。」

可是……

聽到我這麼一說，他就忽然愣住了。

「……嗯？那是什麼？」

「你問的是什麼？」

「就是那個……終極什麼的玩意。」

看來伊弗路保並不曉得「終極直覺」的樣子。

……這麼說來，「終極直覺」終究是前世的藥物名稱。

搞不好在今世是用別的名稱在稱呼的。

如此猜想的我，嘗試詳細說明那個藥劑的藥效。

然而……伊弗路保的反應卻遠遠超出我的想像。

「不不不，那是什麼像作弊一樣的藥劑啦！比栽培戰士還要誇張的鍊金術，我還是第一次聽說啊！」

沒想到……「終極直覺」在今世其實根本就不存在。

「呃……終極直覺、不存在嗎……」

「不存在啦！歐次騎士團在遭判禁止出場之前的大會上，使用的也是栽培戰士啊……」

……真的假的？

也就是說，到頭來那些傢伙根本就沒有改過自新嘛。

這下我給了對方萬靈藥或許是個錯誤的決定。雖然我有稍微**調味**過啦……

「我順便問一下……那個叫『終極直覺』的藥劑，是用什麼材料製成的？」

「我想想喔。首先是天使棕熊的爪子……」

「光第一個就是傳說中的素材啦！」

因為他問我材料，所以我才嘗試說明，結果卻被吐槽了。

原來如此……的確，如果沒辦法獲得材料，即便是再怎麼精通於鍊金術的人也沒辦法製造啊。

……哪天我去湊齊材料，讓巴力西卜製作看看吧。

正當我想著這種事情的時候……

從休息室傳來第二場比賽選手入場的告知。

下一場比賽……愛蒂對普林杰的比賽就要開始了。

「我說，瓦里烏斯……至少在這次的比賽中，你會為我的堂妹加油吧？」

就在這時，伊弗路保忽然改變話題，對我問起這種事情。

「這個嘛……」

我不禁變得有點語氣含糊。

其實我也沒有討厭愛蒂到即便是同一隊的隊友也不想加油的程度。

畢竟我對她雖然多少覺得有點煩，但過去所有場面中我都避開了麻煩事，到目前為止她並沒有對我造成什麼實質上的害處。

然而……

問題不在那裡。

「關於這點……其實對方選手，是當初把我推薦到精銳學院的貴族家的公子……」

「啊～那心情上的確會很複雜……」

就是那樣。

比賽對手是普林杰啊。

雖然我剛轉生到這個世界時對他的第一印象不太好……但我也不可能到現在還記恨那種事情。

而且自從那天以後，他就沒有再瞧不起馴魔師了。

既然他是卡梅爾大人的公子，我在立場上就應該為普林杰加油才對……我想啦。

簡單來講，這場比賽不管哪邊獲勝，我都沒辦法完全感到高興。

像這種時候……

我想想喔。

乾脆就用千里眼看看會場周邊的樣子吧。

於是我決定在第二場比賽的期間，觀察外面有如祭典狀態的景象了。

◇

然後……過了一段時間。

在會場周邊的眾多攤販之中，有一個攤位引起我的注意。

那是個抽獎攤。

一方面因為旁邊立著一塊看板上寫有「頭獎豪華獎品，雙足飛龍的角！」……讓那裡成為附近最熱鬧的攤位。

不過……我注意的並不是它的獎品。

我利用千里眼……調查了一下抽獎的中獎機率。

結果竟讓我發現一件誇張的事情。

這攤抽獎攤位……在抽獎籤中沒有任何一張二獎以上的中獎券。

這……完全是詐欺嘛。

我暫時解除千里眼，把視線放回比賽會場，確認比賽以愛蒂獲勝分出勝負之後……

我向伊弗路保說道：

「伊弗路保先生，我想請你跟我去個地方。」

「是可以啦……要去哪裡？」

「到外面一下。請放心，很快就會到，也很快就會結束了。」

如果要揭露犯罪，就需要有公證人。

因此我想說讓伊弗路保扮演那樣的角色。

於是，我利用空間轉移帶著伊弗路保一起移動到了與那個抽獎攤位稍隔一段距離的位置。

「呃……這是發生什麼事！」

空間轉移之後。

伊弗路保露出目瞪口呆的表情，慌張地朝周圍張望。

「剛才明明還在選手休息室的！怎麼……一回神周圍的景象就變了！」

這麼說來……我平常用得太習慣都忘記了，空間轉移是靠魔法沒辦法發動，唯有靠神通力才能辦到的招式啊。

要是忽然被人施展那樣的招式，會產生像他這種反應也是正常的吧。

「該怎麼說……請你不要太在意。」

我照老樣子如此回應。

畢竟只要跟神通力扯上關係，說明起來就會變得很複雜……所以我也只能這樣講了。

「這輩子最大的衝擊性事件，你叫我不要在意……」

「因為講起來會很花時間，現在還是先去辦事吧……」

如此這般，好不容易讓伊弗路保冷靜下來後……我接著向他說明來此的目的，並互相確認舉發攤販的流程。

然後，我們便實際來到那攤抽獎攤位前。

「話說……你是怎麼知道那抽獎攤的籤裡面一張中獎券都沒有的？」

「這講起來會很花時間，請等一下再說吧……」

「今天講起來會很花時間的事情還真多呢。」

我們如此交談著，排到攤位的隊伍後面。

接著輪到我們後——我向老闆說道：

「這裡的籤……我要全部買下來。」

結果……老闆當場露出驚訝的表情，對我瞧了又瞧。

「你……你說全部？」

「對。另外……如果我全部買下來都沒有抽到『頭獎：雙足飛龍的角』的籤，到時候我就叫治安維護隊把你抓起來喔。」

聽到我這麼回應……老闆臉上明顯露出不悅的表情。

「治安維護隊？開什麼玩笑！我後面還有很多抽獎籤的庫存，頭獎的籤可不一定就在這裡面啊！」

「那就請你把那些庫存也全部拿出來。抽一張籤是三百佐魯……只要有這些錢應該就夠了吧？」

由於老闆開始講起莫名其妙的藉口，於是我從收納魔法拿出了大量的錢。

結果……老闆雖然瞪大眼睛，卻又繼續狡辯：

「就……就算夠，你也不能這樣買吧！今天可是大活動，還有其他很多客人。怎麼可以只讓一個人用砸大錢的方式剝奪其他人的希望！」

「那麼……如果我抽到頭獎，雙足飛龍的角就送給現在排隊的客人們猜拳贏的人吧。」

我對老闆的狡辯提出妥協案後……對方大概是想不出下一個藉口，忽然變得悶不吭聲。

「那我再追加條件。如果抽獎籤中真的有頭獎的籤，獎品的雙足飛龍角我會原封不動還給你。然後再拿自己的雙足飛龍角送給現在排隊的人。」

「……」

「但是……如果我抽了全部的籤都沒有抽到頭獎，我就要請你把抽籤費用全數還給我。」

「……」

「這樣的條件……對你來說只有好處喔？你應該沒有理由不接受吧？」

「……不，等等！你這傢伙剛才說『會拿自己的雙足飛龍角出來』……那種東西，我料你根本就拿不出來吧？」

「我拿得出來喔？」

恐怕是老闆最後的一道藉口，被我從收納魔法中拿出來的實際東西給封殺了。

上次巴力西卜覺醒進化後打獵回來的雙足飛龍……沒辦法做成「魔獸果凍」的角之類的部分，其實我都有留下來。

「好厲害！是真的雙足飛龍角！」

「我第一次見到……光是能親眼看到那種東西，排這個隊就已經值得了！」

從我背後傳來這樣的聲音。

看來排隊的客人們也站在我這邊的樣子。

「該……該死！隨便你啦！」

老闆終於有點自暴自棄地，把包含庫存在內的所有抽獎籤都放到我眼前了。

我利用職業「超能力者」的基本魔法「念力」，一次一百張地打開抽獎籤。

短短一～兩分鐘後，未開封的籤便剩下不到一半。

就在這時……

「喂，你想幹什麼？」

伊弗路保發現老闆偷偷摸摸地在做什麼事情，立刻叫他停下手。

「你總不會……企圖多做新的籤放進去吧？」

「我……我只是想說如果籤不夠了要補充而已！」

「那種道理怎麼可能講得通！」

對於老闆這句已經搞不清楚是在認罪還是辯解的發言，伊弗路保當場嚴厲斥責。

……沒錯，這也是我把伊弗路保一起帶過來的目的之一。

我拜託他盯著老闆，防止對方做什麼小動作。

就在這時候，我把所有的籤都開封完了。

當然不用說……裡面根本沒有頭獎的中獎籤。

「那麼，我剛才付的錢就請你全額退費了。另外按照剛才的約定，我們要把你帶去交給治安維護隊囉。」

「混……混帳東西！」

就這樣……我們在排隊客人們的歡呼聲中，把抽獎攤的老闆交給治安維護隊了。

把人交給治安維護隊之後，我們又用空間轉移回到了選手休息室。

「第三場比賽的戰況如何呢……」

三年級首席對國王直屬騎士團代表選手的比賽已經開始，現在應該戰況正精采吧。

我如此想著，探出身體望向比賽會場。

可是……場上卻沒有選手的身影，只能聽到觀眾歡呼的聲音。

發生什麼事？難不成比賽已經分出勝負了？

感到疑惑的我看向比賽成績表。

結果……居然真的如我猜想，比賽以國王直屬騎士團的代表獲勝收場了。

……會不會太快啦？

看到那個成績表，我頓時有這樣的感想。

比賽和比賽中間會有一段休息時間。

而我是在那段休息時間把抽獎攤的老闆交給治安維護隊，應該在比賽剛開始的時候就回到了選手休息室才對。

可是現在比賽居然已經結束……代表第三場比賽是以相當快的速度速戰速決的。

「咦……第三場已經結束了嗎？」

正當我這麼想的時候……伊弗路保似乎也跟我抱有同樣的疑惑，於是向一位應該是愛蒂的關係人如此詢問。

「沒錯。第一回合的第三場比賽……才短短二十五秒就分出勝負了。」

「二、二十五秒？比賽究竟是怎麼發展的啊……」

「一開始是精銳學院三年級首席的賽伊・托萊特選手看起來占優勢。她朝對手完美施展了她的拿手招式『超重力腕十字』。可是……對手的阿維尼爾・喬詹選手竟然從那招式的重力圈輕輕鬆鬆脫逃出來。然後下個瞬間……阿維尼爾選手伴隨衝擊波的拳擊，一下子就把賽伊選手給擊沉了。」

比賽過程似乎就是這樣的感覺。

……超重力腕十字嗎？

那是一招只要被抓到就難以脫逃的招式，因此理論上的對付方式應該是用加速魔法閃躲，不讓自己進入那招的重力圈內……

可是現在居然能夠從重力圈硬是脫逃出來，看來那位國王直屬騎士團的代表選手是個力氣相當大的威力型戰士。

正當我如此思索的時候，會場傳來利用擴音魔法的廣播聲，告知這樣的事情：

「呃～關於下一輪第二回合的第一場比賽……本來應該是精銳學院一年級代表瓦里烏斯選手對國王直屬騎士團代表阿維尼爾選手，但本大會決定調整比賽順序，先進行二年級代表愛蒂選手與阿維尼爾選手的比賽。」

戰技大會的整體勝負是由以下的方式決定。

首先在第一回合中，如果精銳學院陣營或騎士團陣營有哪一方三場比賽全勝，就直接判定該陣營贏得大會。

然而要是像這次雙方各有獲勝者的時候，就會在第二回合讓獲勝者之間互相較勁，決定最終的勝負。

以這次的狀況來說，只要愛蒂或是我兩人之中有任何一個人打贏阿維尼爾先生，就是精銳學院獲勝；如果阿維尼爾先生打贏我們兩人，就是騎士團陣營獲勝。

然後……本來第二回合應該是先由我和阿維尼爾先生交手的。

但大會似乎決定讓愛蒂先上場的樣子。

雖然我不清楚大會這麼決定的用意，但既然這樣，我就乖乖觀戰吧。

我如此想著，再度把視線望向比賽場上。

◇

「那麼……比賽開始！」

隨著裁判如此宣告的同時，愛蒂將魔力集中到自己手中那把劍的前端……開始準備發動某種魔法。

「那丫頭……打算使用什麼魔法呢？」

伊弗路保在我旁邊悠哉地如此呢喃的期間，愛蒂那把劍上的魔力依然持續加速膨脹。

然後……過了不久，那把劍的周圍出現彷彿各種星球被吸進去似的視覺效果。

「哦~居然要用那招啊。」

見到那景象……我一反平常的態度，老實對她感到佩服起來。

現在愛蒂準備要施展的，是叫「銀河斬」的招式。

在英雄使用的職業專用魔法之中屬於上位的中級程度，難度相當高。

身為轉生者又是馴魔師的我還另當別論，但是從十幾歲就能發動那招的人應該屈指可數才對……不愧是在這個世界的最高學府中被稱為首席的人物。

「呃、喂……用那種招式沒問題嗎？對手會不會被一刀兩斷啊？」

至於伊弗路保則是在白操心愛蒂萬一出了什麼差錯，會把阿維尼爾先生殺掉的樣子。

不過……

「我覺得再怎麼樣都不需要擔心那種事情喔？她恐怕……是認為自己如果不拿那樣的大招式賭賭看就根本無法獲勝，所以才發動了那招。」

現在的狀況在我眼中看起來是這樣的感覺。

然後……招式準備似乎終於完成，愛蒂把劍一揮，發光的斬擊便一路劈開地面朝阿維尼爾逼近。

……阿維尼爾先生打算如何迎擊？

正當我這麼想的時候……教人吃驚的是，阿維尼爾先生竟然徒手抓住那一斬，硬是壓到地面上了。

被阿維尼爾先生硬生生壓到地面上的發光斬擊……伴隨「哐！」的響亮聲音當場粉碎。

同時……明明比賽還沒有分出勝負，觀眾席上就爆出了盛大的歡呼聲。

「啥……啥啊啊啊啊啊！喂，瓦里烏斯，你說那會不會太誇張了！」

「確實再怎麼說，都有點強得爆笑呢。」

伊弗路保驚訝得眼珠子都差點迸出來，而我則是笑著如此回應他。

的確……阿維尼爾先生的那個威力，怎麼想都很異常。

英雄的最高等級魔法「銀河斬」，堪稱是絕不可正面接招的代表招式。

本來除了以絕妙的角度展開一面強力的抗魔法結界將攻擊架開之外，根本沒有方法在毫髮無傷之下撐過這招才對。

然而……阿維尼爾先生竟然偏偏從正面以物理性的方式接下這招，而且完全沒有受到傷害。

若除掉馴魔師不算，這個人無論在前世或今世之中都毫無疑問是最強的存在吧。

不過……這點反而讓我感到慶幸。

如果與這樣強大的對手正面交鋒，然後以任誰看起來都很明顯的方式獲勝……就能讓人們對於馴魔師真正的力量留下強烈印象。

這樣肯定能夠為今後的活動帶來很大的好處。

雖然第一回合的戰鬥其實也不壞……但由於雙方的戰略都有點耍花招的感覺，看在旁人眼中可能會是一場滑稽的比賽。

不過下一場比賽肯定會截然不同，會變成一場觀眾看起來也覺得精采萬分的戰鬥吧。

關於第一回合比賽的那種結果，如果考慮到能夠藉由反差的感覺加深人們對於下一場比賽的印象，或許第一回合那樣的獲勝方式反而可以說是最佳的選擇。

雖然對愛蒂很抱歉……不過這場大會，就由我來畫下句點吧。

像這樣，我甚至變得有點迫不及待想要快點上場了。

「什麼叫強得爆笑……為什麼你看到那種狀況還能這樣從容不迫啦……」

伊弗路保語氣上有點傻眼地如此說道。

破解了銀河斬的阿維尼爾先生……順勢跳躍起來，一口氣縮短與愛蒂之間的距離。

接著……他轟出好幾十發伴隨衝擊波的連續拳擊。

愛蒂使出全力展開防禦，嘗試對抗……但不到短短幾秒鐘就被那威力往後推，落到場外了。

如此這般，第二回合的第一場比賽是以阿維尼爾壓倒性的勝利收場。

……好啦。我差不多要準備出場了。

『高卡薩斯，巴力西卜，比賽前來填個肚子吧。』

我用精神感應對那兩隻如此表示後，從收納魔法拿出魔獸脆片分給牠們。

『好耶！食物就是Ｆｏｏｄ啦！』

『瓦里烏斯，下一場的作戰計畫要如何？』

『我想想喔，首先……』

趁牠們兩隻享用著魔獸脆片的時候，我順便向牠們說明自己認為在下一場比賽中最佳的行動方式，為比賽做好準備。

「那麼，我要上場了。」

「好。總覺得有點害怕下一場比賽究竟會變成怎樣呢……」

中間休息時間快要結束的時候，我拿出筋斗雲並且向伊弗路保告知一聲後，與那兩隻一起前往比賽會場。

來到場上一看……阿維尼爾先生早已經調整完自己的狀態，站在那裡了。

他臉上平靜的表情，反而讓人強烈感受到他的專注力已經提升到了最高點。

擁有這種精神力的傢伙，其實才是最不好對付的啊。

我抱著這樣的感想……與高卡薩斯和巴力西卜互使眼色，確認彼此都做好了萬全的準備。

「那麼，比賽開始！」

透過擴音魔法如此宣告的聲音傳來後……高卡薩斯和巴力西卜一起飛向空中。

我也坐上筋斗雲跟隨在後。

順道一提，我事前已經向裁判確認過使用筋斗雲不會被判定出界落敗了。

「好，巴力西卜，首先用**那招！**」

我如此指示後，巴力西卜便在比賽場地正下方的地底下，製造出大量的爆炸性氣泡。

「高卡薩斯，點火。」

接著換高卡薩斯朝地面射出具備貫穿力的火花……霎時，賽場地面劇烈震盪起來。

「！」

阿維尼爾先生因為突如其來的震動，露出驚訝的表情……但他只有短短搖晃一瞬

間，很快就在震盪的地面上找回平衡感。

隨後，他試圖用跑的接近我們……不過那腳步即便靈活，和剛才的比賽相較起來還是明顯變得不太穩定。

到這邊為止都一如我的作戰計畫。

看到阿維尼爾先生的動作，我如此確定了。

我的作戰計畫就是「用空戰制伏擅長地面戰的對手」。

之所以會如此決定，是因為阿維尼爾先生的職業是『格鬥家』。

『格鬥家』的戰鬥模式是以徒手空拳為基礎，職業專用魔法也是那種戰鬥特色的延伸。

然後格鬥家的職業專用魔法具有一項重要的特徵，那就是下盤腰足的靈活程度會直接影響到魔法的威力。

就我的觀察……阿維尼爾先生的下盤功夫非常厲害。

在考慮魔法力云云之前，他徒手空拳的戰鬥基礎本身就很出類拔萃了。

剛才他之所以能夠徒手接住銀河斬，恐怕也是基於這樣的理由。

因此……我反而決定嘗試從這點上攻略他。

只要讓地面條件變差，沒辦法照平常的狀況運行下盤動作，阿維尼爾先生的魔法威力應該就會大幅減弱。

我們則是跟他不一樣，只要飛在空中，不管地面條件變得多差都沒有關係。

也就是說，我方能夠發揮一如平常的力量。

正因為如此，我選擇了用空戰對付地面戰。

這樣一來，我們在比賽中就能變得有利了。

……順道一提，我並沒有打算在這次的比賽中使用神通力。

當然，利用空間轉移把阿維尼爾先生直接丟到場外就能夠立刻獲勝……但那樣做就不是「馴魔師與從魔合作打倒對手」，而是「擁有神祕力量的人物靠神祕力量做了什麼神祕的事情贏得比賽」了。

「這、這比賽是怎麼回事！」

「那個阿維尼爾先生居然會被對手單方面如此玩弄……？」

大概是因為冷靜戰鬥的緣故，我隱約聽到觀眾那樣騷動的聲音。

……這好歹是我認真想出來的作戰計畫，拜託你們不要覺得我在玩好嗎？

我如此想著，同時向高卡薩斯做出下一步指示：

「高卡薩斯，把對手抓起來丟出去。」

趁著巴力西卜持續讓地底連鎖爆炸的時候，高卡薩斯逼近無法順利施展魔法的阿維尼爾先生，緊緊夾住對方。

接著……就用牠拿手的高速旋轉開始轉動阿維尼爾先生。

一邊轉動的同時，高卡薩斯一邊抓著阿維尼爾先生上升到某個高度後……靠著離心力把對方甩向場外。

阿維尼爾先生以子彈般的速度橫越比賽場地上空。

這樣比賽應該就結束了。

我本來是這麼想……但阿維尼爾先生竟然用出乎預料的方法重振旗鼓了。

他在自己飛往的方向展開一面斜向的對物理結界魔法，在上面翻滾減速。

藉由反覆這樣的動作……阿維尼爾先生一點一點地改變自身的行進方向。即便一時甚至近距離掃過地面，但依然保持在空中轉了一圈，又回到場上。

「……呃，居然從那裡回來了？」

「雖然那個馴魔師強得不像話，但阿維尼爾先生也展現出直屬騎士的骨氣啦！」

剛才的觀眾這次又說出這樣的感想。

阿維尼爾先生……我本來還以為他是個徹底的威力型戰士，但原來意外能夠冷靜靈巧地應付狀況啊。

雖然比賽還在進行中，我卻忍不住跟著觀眾一起感到佩服起來了。

不過……大概是剛才再怎麼說都旋轉過頭了，加上地面的震動，讓阿維尼爾先生的腳步變得比剛才還要不穩。

『那麼，給他最後一擊吧。』

高卡薩斯看著對方那樣子，開始在角上凝聚能量。

隨後……從高卡薩斯的角發出大量的魔力衝擊波，把阿維尼爾先生一路推擠到了比賽場地的另一側。

在場外……

我走近撐起身子的阿維尼爾先生，將一個瓶子遞給他。

「……這是？」

「萬靈藥。」

「……居然連這種東西都幫我準備好。辛苦你啦。」

阿維尼爾先生收下瓶子後，用爽朗的表情將它一口氣喝光。

結果……短短不到幾秒鐘，他身上不只是剛才比賽中留下的傷口，甚至連以前的舊傷都消失，讓他完全恢復健康了。

「啊，阿維尼爾先生，那個喝下去會……嗯？居然什麼事都沒有……？」

這時忽然從一旁傳來這樣的聲音，於是我轉過去一看，發現我第一場比賽的對手威法一臉困惑地站在那裡。

「你是……歐次騎士團的威法？你說這個藥怎麼了嗎？」

「呃，萬靈藥的味道應該超級難喝的……請問你都沒事嗎？」

「……你在講什麼？」

……哦哦，原來如此。

畢竟我給阿維尼爾先生的那瓶萬靈藥並沒有調味過嘛……所以那兩人會雞同鴨講也是當然的。

「那是因為我覺得你拿著萬靈藥，跟人講說什麼『那根本像喝水一樣啦！』的行為有點太誇張，所以改變了你那瓶的味道。當然藥效是不變的，請放心吧。」

「你說……什麼……」

威法說著，完全把頭垂了下去。

但是緊接著他又忽然伸手對我用力一指，講出這種話：

「說到底，我明明是跟這種怪物交手，結果輸了又要我『把食人魔殺酒一口飲乾』，未免太不講理了吧！」

聽到他這麼說，我和阿維尼爾先生頓時面面相覷。

……不不不，那後半部分完全是你們歐次騎士團的自家事吧？

從阿維尼爾先生的表情，也可以明顯看出「明明出場是自己的責任，這男人究竟在講什麼？」的感想。

這時我不經意看向精鋭學院陣營的選手休息室……發現除了我以外的兩名出場選

手正準備走上比賽場地。

這麼說來……大會的頒獎典禮，是比賽一結束就緊接著舉行啊。

於是我重新坐上剛才為了把萬靈藥給阿維尼爾先生而下來的筋斗雲，飛向賽場中央。

◇

隨後……頒獎典禮開始了。

優勝的精銳學院獲頒一面獎牌……我們出場選手各自用魔法在上面刻下自己的名字。

接著獎牌為了要拿回學校，暫時先交到了校長手上。

會場的歡呼聲持續了好一段時間，不過當國王登臺拿起擴音魔法的魔道具開始講話，現場便立刻安靜下來，大家都豎耳傾聽。

國王首先為這次的比賽進行總評……然後一如先前的約定，在這裡公開了我將朱雀(國王稱作「神祕而強大的龍」就是了)打倒的事情，並宣告將我認定為史上第一位S級冒險者做為獎賞。

順著這樣的流程安排，我也在這時獲得了特製的S級公會證。

關於另一項酬勞「治外法權」的事情，國王則是完全沒有在這裡提起。

哎呀，畢竟要是我擁有那種權力的事情被大家知道，可能會引起各種不必要的麻煩。

因此在這點上，我認為國王沒有講出來是正確的選擇。

致詞到了最後……國王朝站在一旁待命的四個人使了個眼色，讓他們登臺。

接著，用這樣一段話作結：

「朕一開始說過瓦里烏斯是基於兩項功績而被認定為S級冒險者……在最後，就讓朕向大家說明第二個理由。瓦里烏斯的另一項功績，就是從自盡島救出了『克努斯箭號希望』。那個傳說的冒險者小隊，藉由這位瓦里烏斯的手復活了！」

國王語畢後，「克努斯箭號希望」的成員們朝會場全體觀眾揮手。

結果……原本一片安靜的會場又再度歡聲雷動。

「我……好像徹底搞錯競爭對象了……」

站在旁邊的愛蒂小聲如此呢喃。

這代表……以後我不需要再擔心每次到學校就被她糾纏了嗎？

若真是那樣就好了……

「不愧是消紋平皺的開發者……不管過了多久都如此美麗呀……！」

這時從觀眾的歡呼聲中，我聽到這樣的發言。

於是我看向那聲音傳來的方向……發現期末考時的那位監考官，正用崇拜的眼神望著克努斯箭號希望的隊長。

這麼說來……我考試的時候是那樣設定的啊。

真教人懷念。

正當我注意著那些事情的時候，國王把自己手上的擴音魔法魔道具交給了泰瑞恩。

泰瑞恩接著開口……結果觀眾為了傾聽他的發言，讓會場又恢復一片安靜。

「正如國王所說，我們『克努斯箭號希望』在瓦里烏斯的拯救下，像這樣從自盡島活著回來了。因此……為了表達最起碼的感謝，我們希望今後的人生中盡可能為他提供協助。」

泰瑞恩講話的聲音緩慢，同時又莫名帶有一種威嚴的感覺。

那樣的聲音讓會場中的觀眾更加專心聆聽了。

而他接著說道：

「從自盡島回來的路上，我向瓦里烏斯請教了他如此強大的祕訣。照他的說法，其實只要學會正確對待從魔的方法，任何馴魔師都可以變得像他一樣強。今天他向各位展示的戰鬥能力，其實只要是馴魔師任誰都能學得。而他拜託我，希望我幫忙將那樣的方法宣揚出去。」

泰瑞恩講到這邊，稍微停頓一下。

然後……他接著講出來的內容，甚至連我都還沒聽說過。

「經過各種協商，精銳學院決定從明年開始增設馴魔師用的學系。然後……將由我負責帶領那個班級。如果有人希望變得像今天的瓦里烏斯這樣強，到時候歡迎來報考！」

……好厲害，原來事情已經決定到那種階段啦？

這下……總覺得好像一口氣有了大幅的進展。

時至此刻，我感受到了今天最強烈的震撼。

戰技大會後過了幾天。

我為了找國王商量事情，來到謁見廳。

今天我來謁見的目的，是要向國王商量麒麟薯的擴大生產計畫。

為了獲得新的農地，我希望讓國王聽聽看我想到的提案。

畢竟……我萬萬沒有想到事情已經發展至下個學年開始，就會正式成立馴魔師學系的階段。

當我聽到這項發表的時候當然感到很開心……但更重要的是，我腦中浮現了「照現在這樣下去的話，麒麟薯的生產速度會跟不上」的疑慮。

要是沒有麒麟薯，就算有增味劑也沒辦法製作魔獸脆片。

雖然如果像我一樣馴服甲蟲類的魔物，在某種程度上還可以用魔獸果凍當成代替品……但基本上對於馴魔師來說，魔獸脆片的供應不足將是攸關生死的大問題。

向家中有馴魔師的家庭分發一顆麒麟薯，然後說「請大家努力耕耘家庭菜園喔」實在稱不上是聰明的做法……因此我希望盡可能建立一套量產機制。

當天我臨時想到一個方法，而且對於國王來說也是雙贏的策略……於是我事前預訂了今天的時間，前來向國王商量這件事情。

我一進入謁見廳，國王就像上次一樣說著「歡迎你來」，並招招手叫我過去。

「聽說你今天有事想找朕商量……究竟是什麼事情？」

「我想到了一項讓土地雖然遼闊但農業卻不發達的地區能夠活化的提案，希望您可以聽聽看。」

我對國王的問題如此回答。

畢竟國王在立場上應該很關心人民豐饒的生活，以及隨之而來的稅收才對。

因此為了讓自己期望的事項能夠被對方接受，我透過從這樣的角度切入話題，想要引起國王的興趣。

「哦？既然是你想的提案，總覺得可能會很誇張……是什麼樣的內容？你說說看。」

「就是將一種叫麒麟薯的薯類當成那種土地的特產品。」

「……麒麟薯？」

就在國王露出疑惑的表情時，我從收納魔法拿出麒麟薯與魔獸脆片，繼續說下去。

「所謂的麒麟薯簡單來說……就是製作魔物愛吃的飼料的材料。主要用途是馴魔師拿來馴服魔物時使用。也就是說……這對馴魔師而言是不可或缺的必需品。」

「哦？」

「一方面也由於泰瑞恩先生會在精銳學院擔任教師……今後對待從魔的正確方法一旦普及，這個東西的需求量肯定會隨之提升。如果能夠預先栽種，到時候馴魔師們便不需要苦於這個薯類庫存不足的問題，栽培的農家也能一口氣獲得大量收入。我想這應該是對雙方都有好處的提案，請問您覺得如何？」

聽完我的提議後……國王閉目沉思一段時間，接著問道：

「的確，朕也覺得這聽起來是很好的提案，而且國內也確實存在那樣的領地……如果那樣的土地能夠建立起自己的特產，想必也能一口氣提升當地人民的生活品質。只不過……有個問題是，若從現在就開始栽植，到馴魔師們實際開始購買那個麒麟薯之前，應該會有時間上的落差……這段期間要如何保障農民們的生活？」

這個問題早在我預料之內……於是我提出事先準備好的答案：

「在那段期間，我想就暫時由我提供萬靈藥做為補貼。您認為如何呢？」

「……你剛說了什麼？」

聽到我的回應……國王露出一臉像是聽到什麼不該聽到的單字似的表情如此回問。

「我說暫時由我提供萬靈藥……」

「你說萬靈藥！居然一副理所當然地講出那種奇蹟的藥名……話說，照那種講法聽起來，意思是你能夠大量生產嗎？」

「呃，我只要到這裡附近的一座迷宮，就能生產一定的數量。前幾天的大會時，我也有送給幾位選手……」

「什、什麼……」

「當然，如果流通量增加，市場價值也會隨之滑落，因此應該沒有辦法照現在的價格換算……不過我願意在考慮到這點的前提之下，提供足夠給予農民適當收入的數量。」

「哦、哦哦……」

國王陷入沉思，變得好一段時間都動也不動了。

「……嗯，既然是這樣，對朕來說是沒有問題。」

國王在沉思的這段時間，我本來還有點擔心自己的提案會不會遭到拒絕……但最終國王給了我這樣的答覆。

「所以說，朕認為接下來要討論一下能夠實行你這項計畫的土地。可以吧？」

「感激不盡。」

我鞠躬致謝後，國王接著從王座起身，拿起一束巨大的卷軸。

「那個候補的土地就在這地方……」

卷軸攤開，原來是一面地圖。

國王伸手指向地圖上的一個地區，開始針對那塊土地說明起來。

國王手指的地點，位於王都的東南方。

是一處叫作「列托祿加」的領地。

「這個叫列托祿加的地方雖然領土廣大……但地質上有些問題。」

國王說著，手指沿著地圖上列托祿加的境界線移動。

「這裡的土壤中含有大量鹽分，農作物幾乎不會生長。就因為這樣，這裡的農業可以說完全興盛不起來。你說的那個麒麟薯……在這樣的土地也能種植嗎？」

說明土地狀況的同時，國王對我如此詢問。

「是，沒問題的。」

我對於國王的問題這麼回答。

麒麟薯是一種如果沒有滿足相當特殊的土壤條件就難以生長的作物。

即使把它種在普通的土地，也會連芽都長不出來就在土中腐敗。

因此不管是什麼樣的土地，若要種植麒麟薯都必須先改變土壤的品質。

農作物能夠正常生長的土地也好，或者對一般農作物來說是最惡劣的土壤環境也好，必須先進行土質改良的這點都不會變。

所以說，栽培預定地被鹽分汙染的事情，對我而言完全不構成問題。

或者應該說，若把改良土質的步驟也考慮進去，其實這個土地的條件反而比較好呢。

因此我二話不說就這樣回答了國王。

甚至感謝他把那樣的土地提供給我。

「這……這樣啊。由於那是朕從未聽說過的植物，朕本來是抱著碰碰運氣的想法向你提議這個地方的……但真的好嗎？只要你提出要求，朕也可以向你提議其他領地喔……」

「不，沒有那種需要。就請您安排列托祿加吧。」

「哦、哦哦……是嗎？」

國王把地圖捲起來放回架上後，在一張紙上開始寫起東西。

接著在紙上捺印後……把那張紙交給我並說道：

「這是朕的介紹信，你去拜訪列托祿加領主的時候就拿給對方看。畢竟如果要當作政策推行，你總需要跟列托祿加領主商量吧。」

看來國王剛才是幫我準備了一封介紹信。

「感激不盡。」

於是我收下介紹信，放進收納魔法中。

就在我向國王敬禮後，準備離開謁見廳時……

「另外……呃不，沒什麼事。」

國王似乎想跟我說什麼，卻又途中把話吞了回去。

……他究竟想講什麼？

我雖然感到在意，但並沒有進一步追問。

畢竟國王既然自己住嘴，我覺得還是不要隨便多問比較好。

「那麼，恕我告辭。」

我如此說著，離開了謁見廳。

『高卡薩斯，巴力西卜，讓你們久等啦。我們出發吧。』

『了解。』

『ＯＫ～』

走出謁見廳後，我對坐在筋斗雲上待命的那兩隻叫了一聲，讓牠們下來。

接著坐上筋斗雲後，我便朝著東南方出發了。

◇

乘坐筋斗雲飛了好幾個小時……總算在遠方看到了列托祿加的城鎮。

於是我發動千里眼，尋找領主的宅邸位於城鎮何處。

『這東西果然有夠美味的。』

『就是說啊。乘風享受的至高脆片啊！』

至於高卡薩斯與巴力西卜誠如所見正在大快朵頤中。

言歸正傳，我頻繁改變千里眼的視線位置，到處觀察領地內的樣子。

這裡或許因為土地廣大、人口密度很低的緣故……就連民房都蓋得相當零星的感覺。

正當我抱著這樣的感想，繼續觀察的時候……

雖然還沒找到領主宅邸，但我不經意發現了一幕教人難以移開視線的情景。

一名年約十五歲的女孩子握著劍，與身高是她兩倍的魔物對峙著。

那魔物叫「龍猿」，是一種會飛的猿猴型魔物。

牠竟然出現於城鎮中，算是相當危險的種類。

話雖如此，不過只要具備跟愛蒂同等程度的力量便能秒殺牠就是了。

然而那名女孩不管怎麼看，都沒有到那等級的實力。

彷彿證明這點似地……仔細觀察就能發現她即使表情勇敢，雙腳卻不斷在發抖。

看來我還是去幫個忙比較好的樣子。

『高卡薩斯，巴力西卜，我要空間轉移到一個地方去。你們坐筋斗雲隨後跟上，到那裡會合吧。』

我從收納魔法拿出露娜金屬製的劍並且向牠們兩隻如此告知後，用空間轉移移動到了那隻龍猿的背後。

接著舉起露娜金屬製的劍一刺，當場讓龍猿斃命了。

「噫！」

大概是因為眼前的魔物忽然從胸口刺出一把劍的關係，女孩小聲尖叫後……跌坐到地上。

「妳沒事吧？」

至於龍猿則是連自己被刺都沒發現的樣子，當場斃命了。

確認打倒魔物後，我如此詢問女孩子。

就外觀上看起來……她應該沒受傷才對。

「啊……我沒事！非常謝謝你救了我。」

女孩說著，站起身子。

然後彬彬有禮地對我一鞠躬了。

「呃……關於這個戰利品，請問報酬要怎麼辦呢？」

我姑且向女孩如此詢問。

剛才的她已經鬥志全失，所以我想她應該不會提出「那是我的獵物！」之類的主張才對……但畢竟在我抵達之前，她還舉著劍啊。

要是來到新的地方就一下子讓我碰到報酬相關的爭執也很麻煩，因此我才保險起見向對方確認這點。

「報酬……不敢不敢！這隻魔物看你是要賣給公會還是怎樣，都隨你自由吧。」

不過一反我的擔心，女孩子揮著手如此回答。

果然沒什麼問題。我這麼想著，把龍猿收進收納魔法。

就在我收拾善後的時候，女孩子似乎稍微鎮定下來了，於是對我問道：

「我知道了。」

「那個……請問你大名是？」

「我叫瓦里烏斯。妳呢？」

「我叫萊莉。」

和自稱萊莉的少女如此自我介紹完之後，我本來想說乾脆問她領主大人的宅邸在什麼地方……但在那之前，我忽然對某件事感到在意而決定先問問看了。

「那個……我順便問一下，萊莉小姐為什麼會跟那隻魔物戰鬥呢？」

老實說……龍猿並不是那麼性情凶暴的魔物。

除非是人類方面表現出要戰鬥的意思，否則龍猿一般是不會從天上降落下來的。

然而……我剛才用千里眼確認的時候，那隻龍猿已經降落到地面與萊莉小姐對峙。

如果是實力足以擊敗龍猿的人物，或許就會選擇一戰……可是萊莉小姐並沒有那種力量，而且她本人也有這樣的自覺。

像她這樣的人，正常來講應該會選擇逃跑或是想辦法撐過局面才對。

但萊莉小姐剛才卻把劍舉向龍猿。

這點讓我不禁感到在意，所以才如此詢問。

對於我的問題……萊莉小姐緩緩說道：

「其實……我為了守護自己的家庭，現在搞不好必須嫁給某個貴族家。這件事讓我感到很苦惱，於是外出散心的時候……就遇上了剛才那隻魔物。我一開始想說必須快逃，又認為或許在這裡戰死反而比較好，但還是覺得那樣很恐怖……像這樣左思右想，腦袋一片混亂的時候，狀況就變成剛才那樣了。」

萊莉小姐講到這邊稍吐一口氣後，補充一句：「對不起喔，忽然跟你講這種事情。」

這……搞不好我其實不應該多問的。

畢竟這種事情就算問了，我也幫不上什麼忙啊。

雖然說如果我有那個意思，搬出治外法權來硬的也許可以解決問題……但總覺得那種做法並不值得嘉勉。

不過哎呀……向人吐吐苦水或許也能多少讓心情輕鬆一點，我就當作並非完全是壞事吧。

正當我這麼想的時候……坐著筋斗雲的高卡薩斯與巴力西卜總算前來會合了。

「嗚呀！那、那是什麼！」

見到那景象……萊莉小姐又跌坐到地上。

「哦哦，那是我的從魔高卡薩斯以及牠的搭檔巴力西卜。牠們都是自己人，請不用擔心。」

我為了讓萊莉小姐鎮定下來，對她這麼說明。

結果……她頓時瞪大眼睛，講出這樣的話：

「高卡薩斯和巴力西卜……黑色和金色的頭髮……而且仔細看看，那是露娜金屬製的劍……瓦里烏斯先生，你難道就是坊間傳聞的那位破天荒馴魔師瓦里烏斯嗎！」

「呃～大概是吧……」

由於萊莉小姐的語氣實在太激動，嚇得我一時間用「大概是吧」這樣的方式回答她了。

雖然從她的判斷方式聽起來，講的人應該就是我沒錯啦……但什麼叫「坊間傳聞的破天荒馴魔師」？謠言到底是怎麼傳的啦，喂！

「**那個**瓦里烏斯先生居然會出現在這裡……請問你到列托祿加來有什麼事情呢？」

正當我在心中吐槽的時候，這次換成萊莉小姐對我這麼問道。

「我想找這裡的領主大人商量一下關於新品種農作物的事情。那個……如果方便，是否可以告訴我領主大人的宅邸在什麼地方呢？」

我回答她的同時，順便問了一下宅邸的方向。

結果……萊莉小姐頓時愣住說道：

「呃，你要找我父親嗎？那樣……我可以直接帶路喔。」

……嗯？

她是不是說了「父親」？

萊莉小姐原來就是這裡領主大人家的千金啊……

在萊莉小姐的帶路下走了幾十分鐘。

我們來到城鎮中最大的一棟建築物——也就是這裡列托祿加地區的領主宅邸門前。

我一如往常，在進入屋子之前指示高卡薩斯和巴力西卜留在筋斗雲上待命。

可是……萊莉小姐這時卻從旁說道：

「那個……如果你不介意，要不要讓你的從魔們也一起進到屋裡來？我想那樣也比較一目了然，能夠知道你就是傳聞中的那位馴魔師……」

……這麼說也對。

「啊，那恭敬不如從命了。」

就這樣，到最後我帶著高卡薩斯與巴力西卜一起進到了宅邸中。

跟在萊莉小姐後面又走了幾分鐘，進入一間應該是會客室的房間坐下來……不久後，一名看起來應該是領主的男子進入房間。

「萊莉，真難得妳會帶客人來……究竟發生了什麼事？」

「這位先生從魔物手中拯救了我。當我走在街上的時候，偶然遇上一隻像是長了翅膀的猿猴……結果這位先生幫我秒殺了那隻魔物。後來聽他說，他好像有什麼事情希望找父親大人商量，所以我就把他帶來了。」

對於男子的詢問，萊莉小姐首先說明了一下到這裡為止的來龍去脈。

從她稱對方為「父親大人」可以知道……這個人果然就是這裡的領主大人不會錯。

「長了翅膀的猿猴……等等！那該不會是龍猿吧！居然可以秒殺掉那樣的魔物……」

聽了萊莉的說明，領主大人首先對這件事感到驚訝起來。

不過……

「……啊。」

他接著看到高卡薩斯與巴力西卜……露出當場理解的表情。

「難道說……你就是坊間傳聞的那位瓦里烏斯大人？」

看來領主大人光靠現在這些情報就猜出了我的真面目。

……萊莉小姐剛才的判斷實在太NICE了。這下省得說明啦。

「沒錯，我就是。」

對於「坊間傳聞」的部分我已經不再吐槽，而是把那傳聞當成方便如此回應。

「原來如此……既然這樣，也怪不得你能夠秒殺龍猿了。雖然不曉得是什麼因緣巧合，不過我首先要對於你拯救了小女的事情表達由衷的感謝。」

領主大人說著，對我深深鞠躬。

接著……

「聽說你有事要找我商量。當然我個人也非常願意為女兒的恩人盡我所能提供協助。你儘管說說看吧。」

領主大人把頭抬回來後，便如此提議進入正題了。

「其實我這次來到列托祿加是有理由的。我在考慮要讓一種叫麒麟薯的農作物成為這地方的特產品。」

我首先這麼表示，並且從收納魔法拿出國王的介紹信。

「而在這點上，我希望領主大人能夠從財政面幫忙主導這件事情。因此這次前來找您商量了。」

我將介紹信交給領主大人，如此繼續說明。

「原來如此，居然是想來栽種作物啊……」

領主大人收下介紹信，讀起內容。

不久後，看完信的領主大人開口說道：

「原來如此，這地區的土壤反而對種植有好處的薯類、是嗎……老實講，這個領地的財政問題已經到了相當危急的地步。因此既然是這樣的提議，反而可以說是幫上了我們很大的忙啊。」

「原……原來是這樣嗎？」

這個情報我還是第一次聽說。

對於領主的回應，我不禁這麼想。

「不過話說回來……那個薯究竟是什麼樣的東西？居然能夠反過來利用含鹽的土壤栽種的薯類，我可是從未耳聞呢……」

「這東西可以當成材料，製作一種對於馴魔師來說非常重要的產品……講得具體一點，就是這個的原料。」

對於領主大人的問題，我如此回答的同時，想說乾脆實際表演給對方看應該比較好……於是從收納魔法拿出魔獸脆片，當場餵給高卡薩斯與巴力西卜。

『在這裡吃沒問題嗎？』

『沒問題。我反而要拜託你們吃啊。』

『太棒啦！』

透過精神感應如此對話後，高卡薩斯與巴力西卜便開始吃起魔獸脆片。

『鏘鏘啦鏘～』

巴力西卜接著又把為了進入房間而變成十分之一大小的高卡薩斯抱起來，愉快地甩頭高唱。

……高卡薩斯可不是什麼吉他啊。

我壓抑著想要吐槽的衝動，重新轉向領主大人。

「……就像這樣，用這種薯做成的零食，在馴服從魔上可以幫上很大的忙。如果有這東西，馴魔師便能夠簡單馴服比自己本人還要強大的魔物。可說是非常方便的必需品。」

「居然有如此便利的薯類……」

我瞄著牠們兩隻的樣子並繼續對領主大人說明後……領主大人露出讚嘆似的表情。

「我個人是希望這個地區盡可能大量生產這個麒麟薯。就算到時候出現沒賣完的份，我也會全數收購的。」

就算麒麟薯在將來肯定會成為一種必需品……如果從第一年就全力生產，剛開始想必會供過於求。

畢竟列托祿加的財政問題似乎也很吃緊的樣子……就按照當初跟國王講好的約

定，剛開始大部分的經費應該都需要由我代墊吧。

反正將來這東西的需求絕對會暴增，因此這種程度的支出根本不痛不癢。

甚至說這是一樁保證會成功的投資也不為過。

我就是考慮著這些事情，試著如此追加說服對方的。

「原來如此。最近到處可以聽到『馴魔師的評價可能會大翻身』之類的傳聞……若真如此，這項提案對我們來說也是只有好處沒有壞處。既然你都已經幫忙計畫到這種地步，我們當然沒有理由拒絕了。」

或許是我這樣的說服奏效。

領主大人終於答應了我的提案。

……啊。

這麼說來，最後我還有件事情必須確認清楚才行。

「我順便問一下……由於我手頭上的現金有限，到時要收購庫存的時候，請問可以拿萬靈藥支付費用嗎？」

「萬靈……什麼？」

聽到我的提議……領主大人當場表情一變，瞪大眼睛如此回問。

「像這樣，如果是萬靈藥，我倒是能夠無窮無盡地獲得。因此如果你們願意收這個充當費用，我會很感激的……」

「──……噫！」

我將收納魔法中多餘的萬靈藥全部拿出來，放到桌上。

結果領主大人和萊莉小姐同時發出了怪聲。

「居然有這麼多萬靈藥，真是太誇張了……」

「簡直是一輩子都不一定能看到的景象呀……」

他們兩人接著各自如此說出感想。

「若不介意，你們先把這些當成預付金收下來也可以喔？」

反正這種數量我只要到那座迷宮的那一層，花上半天的時間就能湊到了。

想著這種事情的我，嘗試如此提議。

「──……」

好一段時間，那兩人都不講話。

過了一分鐘左右，領主大人才用戰戰兢兢的語氣說道：

「我很清楚……實際上本來並不需要你支付什麼預付金的。但老實講，如果真的可以得到這些東西，我們感激不盡。其實我的領地向隔壁的吉費子爵欠了一筆錢。要是到下個月還沒辦法歸還，就必須把女兒嫁給子爵的公子了……」

……萊莉小姐說的『為了守護自己的家庭，搞不好必須嫁給某個貴族家』，原來就是指這件事情啊。

沒想到其實我意外可以幫忙解決問題嘛。

既然用這麼簡單的方式就能改變一個人的人生，我何樂不為呢？

於是我把拿出來的萬靈藥都留在桌上，離開了領主宅邸。

就這樣，我順利獲得了列托祿加領地的協助承諾。

隔天，我立刻開始進行土壤改良的準備工作。

目的地是自盡島。

栽種麒麟薯的條件是土壤中必須含有某種特殊養分……而從生於自盡島的某種魔物在將土壤中的鹽分變化為那種養分的過程中可以派上用場，所以我決定前往採集了。

從列托祿加的位置來看，自盡島位於正南方。

於是我坐著筋斗雲一路往南移動，看到了熟悉的島影……接著從上空尋找目標的魔物。

「……有啦。」

那個魔物很快就被我找到了。

畢竟剛才在移動的路上，我已經用千里眼做了某種程度的事前調查……因此接下來只要實際前往我預先找到的地點就可以了。

降落到地面後，我走近一株看起來像是頂端長有白色棉球的植物型魔物。

這就是這次的目標魔物，叫作「霸王蒲公英」的自盡島特有魔物。

「如是切。如是斷。本末究竟等。」

我對霸王蒲公英發動慣例的切割魔法。

這種魔物是由蒲公英化為魔物的存在……具有將碰觸到它的人類或魔物的魔力吸收，變換為自己的能量散播種子的特性。

因此如果直接用劍砍它，反而會被它吸走魔力而精盡力竭。

為了避免那種事情，一般的做法就是像這樣使用切割類的魔法。

靠切割魔法將莖部以上砍斷後，我把它頂端的棉狀部分……也就是種子，全部拔了下來。

這次為了將土壤中的鹽分變換為特殊養分所必要的東西，就是這個種子的部分。

只要對這種子稍微做個動作，種子就會以固定的機率進化為別種生物……然後就像蚯蚓的排泄物會變成肥料一樣，這種生物會吃掉土壤中的鹽分並排泄出特殊養分。

將拔下的種子收進收納魔法之後，為了採集更多種子，我繼續尋找下一株霸王蒲公英。

但是……如果像這樣「用千里眼尋找並一株一株回收」，未免太花時間了。

因此為了有效率地發現&採集，我決定多加一道程序。

那就是從剛才打倒的那株霸王蒲公英抽取出遺傳情報並且輸入雷達，一口氣找出它的生長場所。

首先，我施展用魔力模仿死者復生時的神通力操作的魔法，抽取出霸王蒲公英的遺傳情報。

然後把情報輸入試算表，再將染色體與核酸序列的資料拷貝到雷達。

接著發動探測魔法，並啟動雷達的收訊機能……畫面上便顯示出整座島上霸王蒲公英的位置。

「哦，居然有這樣剛剛好的場所。」

看到那分析結果，我忍不住如此說道。

因為根據雷達顯示……就在剛好位於這座島另一側的地方，有一塊霸王蒲公英的叢生地。

只要到那裡，我就不需要一株一株慢慢回收，可以一口氣採集必要分量的種子了。

於是我重新坐上筋斗雲，朝雷達顯示的叢生地方向飛去。

◇

『我說～難得到這地方來了，都不戰鬥嗎～？』

『抱歉。因為今天來這裡的目的是這個——』

在移動路上，巴力西卜對於完全沒有發生戰鬥的事情表達不滿，於是我如此回應牠。

然而……就在可以用肉眼看見霸王蒲公英叢生地的時候，我說到一半住嘴了。

因為在那塊叢生地的周圍有各式各樣的魔物蠢動，實在不是可以專心採集種子的環境。

由於現在雷達上只顯示霸王蒲公英的位置……所以沒有實際到現場，就不曉得叢生地周圍原來是這樣的狀況。

『——不，你們還是去把這一帶的那些傢伙殲滅掉吧。但是要注意別傷害到那些花喔。』

就這樣，我向巴力西卜與高卡薩斯下達了出擊許可。

戰況——不用說也知道——是一面倒的局勢。

『喝呀啊啊啊啊！』

『……看招！』

高卡薩斯與巴力西卜輪流發動波狀攻擊……短短不到三十秒內，就把霸王蒲公英周邊的魔物幾乎消滅殆盡。

由於牠們兩隻並沒有深入追擊，雖然讓一部分的魔物逃掉了……但總之霸王蒲公英周圍轉眼間就變得完全沒有其他魔物。

這下可以心無旁騖地專心採集啦。

那兩隻還是老樣子，遇到這種狀況的時候真的很可靠。

『打得滿足了嗎？』

『不太夠～』

『只有一隻稍微比較有骨氣……但又好像不算什麼的感覺。』

我們這樣聊著，靠近叢生的霸王蒲公英。

「如是切。如是斷。本末究竟等。」

我接著詠唱慣例的切割魔法……將叢生地中霸王蒲公英的莖部全部砍下來。

「再來就是……收集種子。」

把所有霸王蒲公英的種子都拔下後，我把來這裡之前暫時收納的種子也拿出來，一併放在地上。

反正高卡薩斯和巴力西卜都已經幫忙驅趕魔物，讓我可以安全作業了，就乾脆在這裡直接處理種子，變換成我想要的東西吧。

『高卡薩斯，巴力西卜，你們幫我找找看附近有沒有近似球體的岩石。』

我向牠們兩隻如此指示的同時……從旁邊隨便找了一隻魔物的屍體解體，取出一顆魔石。

『找到啦〜』

就在這時……巴力西卜找到了符合我要求的岩石，將它搬到我面前。

「謝謝。如是切。如是斷。本末究竟等。」

我將那顆岩石切成兩半……在兩個半球的切斷面正中央挖出凹槽後，把剛才取出的魔石放到凹槽中。

接著把一邊的半球蓋回另一邊的半球上……並且在中間夾一根樹枝，使半球的斷面之間不會完全貼合。

如此一來……將霸王蒲公英的種子變換為目標物質用的裝置就組裝完成了。

「惡魔之核，引發臨界反應吧——惡魔核心（Demon Core）。」

我對組裝完成的裝置，施加鍊金術師用的真・詠唱魔法。

結果裝置原本是石頭的半球部分瞬間變成金屬，裝在裡面的魔石也微微發光起來。

惡魔核心。

這就是這個裝置的名字。

這個裝置……只要金屬製的兩個半球完全貼合就會引發臨界反應，對周圍放射出伴隨魔力的強烈中子輻射。

只要霸王蒲公英的種子曝晒到那個中子輻射……就會因為基因損傷誘發突變，讓種子變化為我想要的生物。

『高卡薩斯，巴力西卜，我勸你們最好閉上眼睛喔。』

我向牠們兩隻如此指示，並且把霸王蒲公英的種子全部堆到惡魔核心上面。

接著將剛才夾在中間的樹枝拔出來，讓兩個半球貼合在一起……的同時，發動中子輻射反射結界，把種子的周圍完全覆蓋起來。

畢竟惡魔核心的臨界反應，對人體同樣會造成不良影響。

因此像這樣防止中子輻射外洩，只讓霸王蒲公英的種子曝晒到輻射是很重要的動作。

惡魔核心的半球之間貼合後過了幾秒……臨界反應便很快開始，讓整體綻放出亮白色的強烈光芒。

本來在這時候，應該就會伴隨有如灼傷般的劇痛……但由於我發動的結界正常發揮功用，所以只要把眼睛閉起來就什麼事都沒有了。

我把千里眼的視野設定在高處，從遠方眺望臨界反應，就能免受光芒刺眼之下確認狀況……因此我利用這方式觀察著從反應開始到結束的整個過程。

等到反應減弱，到最後幾近於零之後，我用收納魔法把惡魔核心收了起來。

這個惡魔核心，我事後會透過正確方法處分掉。

至於被中子輻射大量曝晒過的霸王蒲公英種子……雖然大部分都被燒到焦黑，不過其中也有留下一部分綻放著白色的光芒。

「……很好，成功了。」

我看到那景象，忍不住如此說道。

惡魔核心釋放的中子輻射非常強烈……只要被曝晒到，絕大部分生物的遺傳基因都會變得破破爛爛，招致死亡。

那些焦黑的部分，就是像這樣死絕的霸王蒲公英的屍骸。

然而在很低的機率下，會有一部分透過突變的形式適應那種環境的個體。即便遭受惡魔核心的臨界反應曝晒，也能撐下來不被燒焦的存在。

那正是我所尋求的生物——袈裟羅婆裟羅。

袈裟羅婆裟羅這種生物在前世被稱為「奇蹟的分解者」……只要在土地中加入袈裟羅婆裟羅，牠們就會快速吃掉土壤中的金屬鈉成分，並排泄出一種叫「聖氮素」的物質，然後這個聖氮素正是栽種麒麟薯時必需的肥料。

袈裟羅婆裟羅這種生物麻煩的地方就在於牠們完全不存在於自然界，而且如果要人工製造，必須像剛才那樣利用強烈的輻射線促進突變才行。

要是輻射量不足就無法誘發想要的突變，因此沒辦法採用「減少輻射量提高生存率」之類的做法。

我之所以收集了那麼多種子，就是怕數量太少可能會全滅，所以藉著增加數量提升一部分存活下來的機率。

也就是說，這些留下來的袈裟羅婆裟羅，堪稱是在惡劣環境中生存下來的精銳集團。即便倖存的袈裟羅婆裟羅只有一小部分，只要把牠們埋進鹽分豐富的土壤中就會迅速繁殖，因此不需要太久的時間就能遍及整個列托祿加地區。

『想要的東西到手了。我們回去吧。』

我坐上筋斗雲並如此告知牠們兩隻後，踏上歸途。

我回到列托祿加後，首先再度來到領主大人的宅邸。

畢竟對方雖然在種植麒麟薯的事情上答應會提供協助，但我還沒有問過實際可以用來栽種的土地具體範圍在哪裡。

在正式獲得領地居民們的合作，開始種植麒麟薯之前，必須先讓袈裟羅婆裟羅散播到全部的使用耕地才行。

因此為了決定袈裟羅婆裟羅的繁殖起點，我想要趁現在先確認詳細的地點情報。

我向宅邸的守衛說一聲後……對方當場做出「甲蟲與昆蟲的魔物各一隻……請恕我失禮了！」的反應，立刻招待我到昨天那間會客室。

大概是領主大人交代過宅邸的傭人們，說只要我來訪就帶我入內吧。

正當我如此猜想的時候……領主大人和萊莉小姐來到了會客室。

「這不是瓦里烏斯大人嗎？關於你昨天提供那樣大量的萬靈藥，實在感激不盡。」

領主大人一進入房內便如此表示，並對我鞠躬致意。

「今日又有何事需要商量嗎？畢竟都收了你那樣貴重的東西，只要在可能的範圍內，我們必定會盡力協助。」

他一邊把茶端到桌上，一邊如此繼續說道。

「謝謝。其實我今天來也不是有什麼新的事情要拜託……只是關於昨天談到的土地，我想知道具體上可以使用的是什麼地方。畢竟要是我擅自動土，結果才發現那是什麼人的私有土地也很糟……」

我開門見山地切入了正題。

「具體的土地範圍，是嗎……你等我一下。」

結果領主大人暫時離開會客室……不久後抱著一大束卷軸回來了。

「如果是這一帶的土地，你可以自由利用沒有問題。若覺得不夠，雖然會相隔一段距離，不過這附近也有一塊廣大的土地目前沒有人使用。這樣可以嗎？」

領主大人拿來的那個卷軸，是列托祿加領地的整體地圖。

他指向領地內的兩處地點這麼表示，並告訴我可以使用的土地範圍。

於是我透過千里眼俯瞰領地，與地圖對照。

……這一帶和這一帶是嗎？的確，兩處都是沒有人在使用的冷清地方。

「謝謝你。」

我如此道謝，並喝了一口對方招待的茶。

「你打算現在就過去嗎？若不介意，我可以叫萊莉為你帶路……」

在我喝茶的時候，領主大人對我這麼提議。

我想他大概是為了剛來到列托祿加的我著想吧。

不過……在這點上我已經用千里眼確認過了，沒有問題。

「哦哦，關於這點請不用擔心。我已經用剛才的地圖與實際地點互相對照確認過了。」

雖然感謝對方的好意，但我覺得在不必要的事情上麻煩到萊莉小姐會不太好意思，於是這麼婉拒。

「與實際地點互相對照……？那究竟是什麼意思？」

然而……領主大人或許沒有聽出我那句發言的意圖，頓時目瞪口呆地詢問。

「呃～就是說……我擁有能夠俯瞰這整片土地的能力……所以利用那個能力將地圖與領地互相對照過的意思。」

「居然有那樣的能力……那也是馴魔師的力量嗎？」

「嚴格上來講不太一樣啦……」

萬一「千里眼也是馴魔師的能力」這樣的誤解被流傳出去，也很讓人傷腦筋。

因此我用這樣的講法稍微含糊過去了。

雖然說，如果像我一樣馴服會飛的魔物，然後事先叫牠在領地上空待命，再透過五感連動也不是辦不到類似的事情啦……

正當我如此想的時候，這次換成萊莉小姐開口：

「那個……請問你該不會是怕麻煩到我，就臨時想出了那樣煞有其事的能力吧？畢竟只要瓦里烏斯先生講出口，再怎麼異想天開的能力都會聽起來有說服力，所以你反過來利用這點臨時想出了那樣的設定，之類的……其實你不用客氣，我完全沒有問題的。」

……看來這下被對方認為我在捏造能力了。

其實並不是那樣啊。

話說，什麼叫「再怎麼異想天開的能力都會聽起來有說服力」啦？我究竟是怎麼被看待的？

……真沒轍。

「那麼……如果妳方便，請問要不要跟我一起瞬移到地圖上的那個地點呢？只要確認完抵達的地點無誤，我們再回來這裡。」

幸好剛才領主大人在地圖上指的地點，只要一次空間轉移就能到達。

既然事情變成這樣，乾脆就帶著萊莉小姐一起去一趟吧。

反正一下子就能往返，也不會花太多時間嘛。

由於我已經用千里眼確認過場所，所以就直接空間轉移到了那地方。

「什麼！景色忽然一變……這究竟是？」

結果……萊莉小姐用驚訝的聲音如此自言自語，並左右張望起來。

「看吧？我說不需要有人帶路，就是這個意思。」

我試著這麼說明，但她卻沒有回應。

……難道她還有什麼無法接受的部分嗎？

「什、什麼叫『就是這個意思』，講得那麼輕鬆……我、我該不會是生了什麼怪病，在做惡夢吧……」

等了好一會後，萊莉小姐才總算開口……但她似乎誤以為這是自己的幻覺了。

糟糕，我本來想說「百聞不如一見」，覺得這是說服她的好方法的說……沒想到居然會有這樣的副作用。

看著依然繼續東張西望的萊莉小姐，我不禁抱頭苦惱起來。

這下……如果直接讓萊莉小姐回到領主大人的宅邸，恐怕整件事也會被加油添醋，引起不必要的騷動吧。

如此判斷的我，決定先一邊耕耘耕作預定地，一邊等待萊莉小姐恢復冷靜了。

只要現在讓她看過這塊土地產生變化的樣子……以後她再重新到訪這裡，應該就能確認自己見過的景象都是現實了。

我從收納魔法拿出金箍棒，朝地面刺了三下，接著坐上筋斗雲——

在地面上刺出來的三個洞中展開一面銳利的倒三角形對物理結界魔法。

這個對物理結界是相對座標固定型，也就是說只要我本身移動，結界也會跟著移動。利用這樣的性質，就能把對物理結界當成鋤頭耕作地面了。

我以時速四公里左右的速度緩慢行進……於是追隨我移動的對物理結界便開始翻挖土壤。

為了將獲准使用的土地全部都翻挖一遍，我來回反覆了好幾趟。

從地表到大約三十公分深的土壤就這樣完全被挖鬆，鬆軟得適於農耕了。

接著只要把袈裟羅婆裟羅埋到耕作土地的中心點，幾天之後牠們應該就會繁衍擴散至整片耕作過的地方，開始消化土壤中的鹽分。

於是我把袈裟羅婆裟羅埋在估算起來應該是中心點的位置後……走向在一旁觀看整個過程的萊莉小姐。

「呃～請問妳還好嗎？」

萊莉小姐表情呆滯地望著我耕作過的土地，讓我有點擔心地如此搭話。

「那個……我怎麼好像看到你經過的地面自己翻動起來的樣子……那究竟是怎麼一回事？」

「那是我將相對座標固定型的對物理結界拿來應用的耕作方法啦。很有效率對不對？」

由於她指著我耕作過的場所提出問題……於是我這麼回答了。

「那種農耕方法我聽都沒聽過……沒想到你連這種創意天分都具備，上天究竟是要賦予你一個人多少東西才滿足呀……」

萊莉小姐用一副「我已經放棄思考了」似的表情講出這樣的話。

上天嗎……要說上天（阿提米絲）賦予我的東西，其實只有神通力跟重覺醒進化而已啦。這樣的想法頓時浮現我腦中，但我並沒有講出口。

好啦……

畢竟比原本的預定多花了好一段時間，也差不多該把萊莉小姐帶回領主大人的宅邸了。

於是我再度發動空間轉移，大家一起回到了會客室。

我們回到會客室……看見領主大人用一臉茫然的表情在那裡等待著我們。

萊莉小姐一回來，便立刻向領主大人說明自己所見的全部……但領主大人聽完她的說明，好像反而變得腦袋更混亂了。

結果他們兩人為了確認萊莉小姐看到的景象究竟是現實還是幻覺，似乎決定要特地找一天前往現場看看的樣子。

對於看過萊莉小姐剛才有多驚慌的我來說……這樣的展開只能說是不出所料吧。

總之今天已經沒有其他事情需要商量，於是我不再多做久留，離開了領主宅邸。

然後……到了隔天。

由於等待袈裟羅婆裟羅擴散至整片土地之前有一小段空檔，我決定來消化一下之前暫時擱置的待辦事情了。

今天要做的，是處理掉那顆維持臨界狀態收納起來的惡魔核心。

雖然那玩意只要放在收納魔法就姑且無害……但是把輻射廢棄物一直放在那裡，

畢竟還是會讓人在心理上不是很舒服。

因此我本來就打算等有時間的時候要把它處理掉。

在前世，規定上必須把輻射廢棄物透過專用的魔道具加速至第三宇宙速度，投棄到太陽系之外……然而只為了這種事情製作那樣高等技術水準的魔道具，實在是有點累人的行為。

於是，我想到的替代方案是用金箍棒移動到星球的磁層外面之後，把惡魔核心丟出去。

只要拿到磁層外面，至少惡魔核心釋放出的輻射線就會被星球的磁場反彈回去了。

如此一來，便不會對地表生物造成什麼健康危害才對。

反正這顆星球上沒有人在宇宙空間進行活動，因此只要最起碼不影響地表上的人們，這種投棄方式應該就沒問題吧。

就這樣，我們來到慣例的那座湖，凍結湖水固定金箍棒，開始朝太空移動。

結果在途中……我收到阿提米絲的神通力通話：

『哦？瓦里烏斯，你又製作了一定數量的上露娜金屬嗎？』

『呃不……我這次是為了其他事情到宇宙來的。抱歉讓妳空期待一場啦。』

『不會不會，是我自己誤會了。我並沒有催促你的意思，你別在意。話說……那你是來做什麼的？』

『我來把這東西丟到宇宙。畢竟這個如果丟棄在地表上，可是危害甚多啊。』

我如此回應的同時……發動中子輻射反射結界，在結界內部取出惡魔核心。

反正阿提米絲肯定有用千里眼觀察我現在的狀況……因此只要這麼做，她就應該也能看見惡魔核心了。

『那是、什麼東西……？』

她這麼說道後，通話陷入一段沉默。

我猜大概是因為她在仔細觀察惡魔核心吧。

過了一會……阿提米絲接著表示：

『……如果你方便，可不可以把那東西帶到月亮上來？雖然剛才你說那東西留在地表上會危害甚多……但如果我的直覺正確，那個物質在我這裡，應該反而會帶來好處。機會難得，我想嘗試看看。』

沒想到……阿提米絲居然說惡魔核心在月球上可能會有用處。

難道是對露娜金屬或上露娜金屬會造成什麼影響嗎？

若真如此……那個「好的影響」搞不好也可以惠及於我。

『了解。既然妳這麼說，我就拿過去。』

我本來是打算移動到上空三千公里左右的位置，丟棄惡魔核心就回地表去的……

不過這下我決定直接前往月球了。

如果是以前，我往返月球需要花上八天的時間，因此近期內若有其他預定行程，我就無法到月球去……但現在多虧巴力西卜讓移動速度增加到八倍，要前往月球就相對上輕鬆許多。

於是我暫時把惡魔核心收回收納魔法，全速朝月球移動了。

◇

大約十個小時之後……

「這還真的是飛快到不尋常的程度啊……」

抵達月亮的我忍不住如此呢喃。

即使腦袋明白，親身體驗起來還是快得很誇張呢。

快到這種地步，讓人都不禁覺得金箍棒只能伸長到忉利天（＝約九十六萬公里）反而是一件很可惜的事情。

若它能夠再伸得更長，搞不好就能到各種小行星上探險地說。

……雖然說，把金箍棒當成宇宙探索用的道具本身就很奇怪就是了。

我想著這種事情，並乘坐筋斗雲移動到阿提米絲的地方，將惡魔核心交給她。

『這就是剛才那個物質嗎？真漂亮……』

阿提米絲說著，拿起惡魔核心從各種角度觀察。

她居然直接用手觸碰那玩意……不過仔細想想，她在這種到處是宇宙射線的環境中都能平安無事了，區區惡魔核心的輻射量對她來說根本不算什麼吧。

『我稍微試試看喔。』

阿提米絲如此表示後，將惡魔核心拿到一旁堆成小山的上露娜金屬的地方。

……不出我所料，所謂的「好處」是跟上露娜金屬有關的樣子。

雖然說，是否真的有好處還要等現在阿提米絲做完實驗才知道就是了。

好啦，結果究竟如何呢？

我如此想著，靜觀狀況……

結果就在阿提米絲把惡魔核心拿近上露娜金屬的瞬間，堆積如山的上露娜金屬便一起綻放出了前所未見的光芒。

「這是什麼光……」

強烈到令人快要眼睛發暈的亮度，讓我忍不住用手臂遮住視線的同時……我試著對上露娜金屬的小山發動一種鍊金魔法。

『原子狀態掌握』。

這是對於發動對象不會造成任何影響，單純進行分析用的觀察魔法。

我透過這個魔法觀察上露娜金屬的原子狀態……立刻看出究竟發生了什麼事。

惡魔核心釋放出的中子，吸附到上露娜金屬的原子核上了。

我想那些上露娜金屬大概正變化為同位素吧。

……變成同位素不會有問題嗎？

雖然我心中抱著些許不安……但反應結束，上露娜金屬綻放的光芒收斂消失後，阿提米絲倒是露出了喜悅的表情。

『……這真的好嗎？這樣上露娜金屬不是會引發放射性衰變，變成不一樣的物質嗎……』

我馬上對阿提米絲詢問心中的疑慮。

就我所知，從露娜哥雷姆採集來的上露娜金屬是很穩定的原子。

而既然它現在吸收中子成為同位素……代表眼前這些上露娜金屬應該變成了放射性同位素才對。

如果是這樣，首先必須擔心的是發生放射性衰變——也就是上露娜金屬會放出輻射，變化為完全不同的金屬。

到時候……若沒有進行任何處理，上露娜金屬的數量便會隨著時間逐漸減少。

阿提米絲肯定也不希望發生那種事情吧。

但她為什麼現在那麼開心？

我就是抱著這樣的疑惑，才提出詢問。

『……放射性衰變？你在說什麼？這些上露娜金屬可是很穩定喔？』

『——！』

阿提米絲的回答徹底出乎我的預料，於是我再度利用『原子狀態掌握』觀察上露娜金屬。

結果……我發現上露娜金屬完全沒有釋放出任何輻射。

『哦哦，這麼說來你應該不曉得吧。上露娜金屬呀……有所謂的第一穩定同位素跟第二穩定同位素喔。』

阿提米絲接著如此補充說明。

……真的假的？

上露娜金屬……原來是有兩種穩定同位素的金屬啊。

得知這樣超出常識範圍的物質，雖然讓我有點驚訝……但同時也感到放心。

總之，既然上露娜金屬能夠永久存在，暫時就沒什麼好擔心的了。

那麼現在重要的，就是第一穩定同位素和第二穩定同位素之間究竟有何變化，對我們又有什麼樣的影響……我就來問問看吧。

『那真是有趣的金屬。話說，阿提米絲，我看妳那麼開心……那究竟第一穩定同位素變成了第二穩定同位素之後，有什麼好處嗎？』

我提出這樣直搗核心的問題。

結果……阿提米絲一副「我就在等你這麼問」似地立刻回答：

『在第一穩定同位素附近的時候，跟在第二穩定同位素附近的時候，我體內流動的能量的質會產生改變……具體來講，就是在使用跟過去相同威力的招式時，消耗的神通力可以減少兩成。而且這個效果不只是我而已，在繼承我神通力的你身上同樣會發生喔。』

沒想到……我的神通力消耗效率似乎變得比較好了。

『雖然你現在可能還感受不到影響……不過只要過了一天，效果應該就會顯現。你好好期待吧。』

阿提米絲說著，對我豎起大拇指。

只看數字或許會覺得沒什麼，但實際使用神通力時應該會感受到明顯的不同。至少原本需要窩在自盡島修練好幾個月才能獲得的成長，現在只是「把惡魔核心帶到月球來」就達成了。光這樣想就賺到非常多啦。

兩成……這個量相當可觀。

『謝謝。如果不是妳發現，我差點就把這樣強大的道具當成垃圾丟掉了。下次拿上露娜金屬來的時候……我會一併準備新的惡魔核心來給妳。』

畢竟這次帶來的這顆惡魔核心，再怎麼說應該都沒辦法撐到我下次來交付上露娜金屬的時候，還保持釋放足夠的能量。

我向阿提米絲如此約定，並準備離開月球。

『我會再來。』

『嗯，我等你。』

互相道別後，我請阿提米絲把我們送到金箍棒前端，接著飛快返回地表。

『咳！咳！』

『麒……啾……會不……了？』

在我抓到金箍棒前端的時候，感覺好像聽到了些許像是通訊魔法的聲音。

但那聽起來幾乎都是雜訊，恐怕是我跟阿提米絲通訊結束後的殘餘魔法，讓我誤收到其他訊號，因此我決定別去在意了。

抵達地表後，我為了測試神通力使用上的變化，立刻前往鐵匠鋪……但就在準備進店的時候，我想到一個問題。

我到底……應該說我是來幹什麼的？

的確，如果要測試神通力使用上的變化，最直接明白的方式就是試砍看看亞德曼金屬之類的鑄塊。

當初訂製露娜金屬劍的時候，我藉由切砍祕銀的鑄塊理解了自己的實力……後來追加訂製的時候，就是因為能夠切砍的對象升級到亞德曼金屬，讓我得以確認了自身的成長。

如果這次能夠把（上次切起來的硬度類似白蘿蔔的）亞德曼金屬，切得像布丁一樣柔軟，就能再清楚不過地知道神通力的使用感確實有所改變。

然而……來到鐵匠鋪卻說「我想測試自己的實力變化，所以請拿鑄塊讓我切看看」，站在店家的立場，肯定會覺得「你這人到底是來幹什麼的？」吧。

我這次並沒有打算追加訂製露娜金屬劍。

畢竟上次打倒朱雀的時候，備用的劍到最後都沒拿出來用過……剩下的三尊邪神應該暫時都會留在麒麟體內，所以我也沒什麼理由需要準備更多的露娜金屬劍。

之前店家會讓我試砍，終究只是為了讓我測試當時新打造的劍，並不是在提供我測試自己實力的機會（至少店家應該沒有那種意思）。

而我現在卻用那種理由去店裡，對方想必不會給我好臉色看吧。

……嗯。反正也不是沒有其他方法可以測試力量，這次我就打消進店的念頭好了。

雖然這樣變得專程跑來梅爾克爾斯一趟卻什麼都沒做，但我還是回去列托祿加吧。

我這麼決定，準備從收納魔法拿出筋斗雲。

——然而就在這時……

從店裡忽然傳來聲音：

「……拜託你啦～我只是要一公釐切片的奧利哈鋼而已，為何那麼貴啊！這和用公克換算的價錢不符吧！」

奧利哈鋼的切片？雖然我搞不懂那究竟是什麼古怪的要求……但總之店內似乎有客人正在跟鐵匠爭執的樣子。

畢竟這間鐵匠鋪對我很關照，如果對方感覺真的是什麼奧客，我就稍微出面幫忙解決吧。

於是我決定假裝若無其事地看看店內的商品，並且偷聽他們的對話了。

◇

本來是這麼打算的我……一進到店內卻忽然被鐵匠搭話：

「哦，你不是那位露娜金屬的客人嗎？今日有何貴幹？」

……我原本只是想偷偷觀察狀況的，居然一下子就被搭話啦。

總之……我就假裝無意地試探看看吧。

「沒事，我只是剛好經過這附近，想說進來看看而已……請問你狀況如何呢？」

我裝作巧合，嘗試用自然的方式詢問狀況。

結果……鐵匠露出傷腦筋的表情回答：

「這個嘛……如你所見，達克希斯這傢伙正在向老子提出很困難的要求啊。居然說要奧利哈鋼的鑄塊切下一公釐厚的切片，而且還要求用公克單位算他剛剛好的價格，讓老子傷透腦筋啦……」

沒想到……鐵匠把我想問的情報全都講了出來。

雖然是我本來就想問的事情……但他居然把跟其他客人的交易內容，向我說得這麼詳細。

……話說，既然他連客人的名字都講得出來，表示這位客人並不是什麼奧客嗎？甚至反而是常客——不，從要求的內容來判斷，感覺應該是彼此熟識的交易夥伴吧。

這部分我稍微再深入問看看好了。

「達克希斯……先生？」

「沒錯，這傢伙叫達克希斯。他專門製作像是吹箭的針之類的玩意，是老同行了……但是現在要老子秤重賣他少量準備起來很麻煩的奧利哈鋼，又說別收手續費。這再怎麼說都有點強人所難啊……」

「那點錢沒關係吧？算我友情價嘛～」

我進一步詢問後……鐵匠就把達克希斯介紹給我認識，達克希斯則是繼續向鐵匠死皮賴臉地要求。

「請問少量秤重販賣奧利哈鋼是很麻煩的事情嗎？」

既然已經知道對方並非奧客而是熟人……我接著將話題換個方向，問看看把奧利哈鋼少量秤重販賣有多麻煩。

「那當然麻煩啦。奧利哈鋼如果要分成少量販賣，必須啟動奧利哈鋼專用的特殊火爐，只鎔化鑄塊的一小部分。這成本可一點都不低……『把奧利哈鋼切片販賣』這種話講得簡單，但是要把那麼硬的金屬拿來切片這種事本身就不切實際。」

聽完鐵匠的回答……我終於完全掌握了問題所在。

……原來如此，是這樣的狀況啊。

明白情況之後……我想到這或許對我來說是個好機會。

「原來是這樣……其實我搞不好有辦法切開奧利哈鋼喔。請問要不要試試看？」

這個狀況——或許我可以利用幫忙他們兩人的名義試切鑄塊。

想到這點子的我，向鐵匠如此提議。

……雖然說，是不是真的能夠切開奧利哈鋼，必須看神通力的使用感究竟提升多少而定就是了。

但反正如果切不開，到時候我再用魔力讓渡下的「如是切。如是斷。本末究竟等」解決問題吧。

「你說切開奧利哈鋼……嗎！那怎麼可能……不，等等喔。畢竟你之前確實用露娜金屬製的劍切開了亞德曼金屬……好，你就試試看吧。」

鐵匠說著，從店內深處拿出奧利哈鋼的鑄塊。

「什麼道具不好挑，偏偏用露娜金屬製的劍？為什麼要用那種爛劍……」

「老子當初也是那樣覺得……但不知道為什麼，這位客人用起來就是會變得鋒利無比。老實講，真的很不可思議啊。」

我從收納魔法拿出露娜金屬劍的同時，聽到他們兩人這樣的對話。

把神通力注入劍身後……我將劍刃放到鑄塊上距離邊緣一公釐的位置。

接著把劍前後滑動……劍刃便逐漸切進鑄塊。

沒過多久……我順利從奧利哈鋼的鑄塊切下邊緣一公釐厚的切片了。

手感上來說……感覺比白蘿蔔稍微硬一點。但畢竟奧利哈鋼的硬度完全不是亞德曼金屬可比的程度，所以光是能夠切開它，就毫無疑問表示我的神通力大幅成長了。

「……切好囉。」

我將鑄塊與切下來的切片一起放到櫃檯上。

「什……」

那兩人都張著嘴巴……用睜到不能再大的眼睛盯著奧利哈鋼。

「剛好我今天想找個東西試切看看呢~真是太巧啦。那麼，我告辭了。」

「老子其實也只是講講看而已……居然真的切開了……」

「而且不是用什麼鋸子，竟然是用劍，切得像用菜刀切菜一樣……你的常客到底是怎麼回事……」

在他們如此呆滯講話的同時，我轉身走出了店家。

離開鐵匠鋪，來到列托祿加之後，我首先確認了一下袈裟羅婆袈裟羅在農田預定地的繁殖狀況，推算出牠們擴散到整片土地所需的天數。

接著為了能夠配合那個日程招募到願意協助栽培的民眾，我再度前往領主宅邸進行商量。

結果領主大人聽完我的請求後，只說一句「原來是那種小事」，便馬上幫我向整片領地發出了公告。

就這樣，我一面準備實際栽培時需要的魔道具，等待了幾天。

當我一早醒來抵達田地，便看到領主大人帶著幾十位民眾前來了。

於是我立刻開始說明麒麟薯的栽種方法。

「接下來，我要請各位在這塊土地幫忙種植這個薯類。」

從收納魔法拿出一顆麒麟薯後，我如此講解起來。

結果很快就有一位民眾提出詢問：

「那個……這塊土地真的可以種薯嗎？雖然領主大人說過『好像要用特殊的方法改良土壤後種植特殊的薯類，所以不用擔心』就是了……」

看來這位民眾對於在這塊土地進行農耕的事情，依然感到半信半疑的樣子。

要我用口頭說明「沒有問題」其實也可以啦……

不過，這次就拿出一點證據給對方看看吧。

於是我稍微看了一下招募來的民眾。

接著根據髮色從中挑選了一個人……

「那位具備鍊金術師職業適性的先生……可以請你對這裡的土壤施加看看食鹽抽取魔法嗎？」

我如此拜託那個人。

「……你說我嗎？是可以啦……」

於是他說著，發動了食鹽抽取魔法。

「……奇怪？怎麼沒效？」

然而魔法雖然發動，卻沒能實際抽取出食鹽。

當然，這個結果早在我預料之中。

在這樣的狀況下，我對一開始提問的那位民眾回答：

「如你所見，現在這塊土地中的鹽分已經完全被去除了。因為我讓土壤的鹽分變化成了種植剛才那個薯類必需的養分。」

「原、原來如此……」

結果剛才提問的民眾臉上露出感到接受的表情。

畢竟他對於栽種會感到不安，應該就是擔心土壤中的鹽分。

因此我才進行了剛才這段展演，藉由故意讓鍊金術失敗，去除民眾心中的疑慮。

雖然說要我把聖氮素用肉眼能夠觀察的方式秀給大家看，再怎麼說都很困難，但如果只是要證明土壤中沒有鹽分，像這樣就能簡單讓大家明白了。

解決民眾的疑慮後，我繼續說明：

「說是栽培，其實一開始要做的事情也很簡單，只要把種薯埋到土中就行了。像這樣，把薯切成每一塊都留有一個芽的大小，再埋進大約到手腕的深度……就完成啦。」

我用無詠唱的切割魔法將手中的麒麟薯切塊，一邊埋進土中一邊如此說道。

「像這樣種滿整片農地後……接著只要等待收成就行了。」

沒錯。麒麟薯一旦種植下去，直到收成為止幾乎不需要做任何事情。

特別是這地區的土壤由於原本就含有豐富的鹽分，產出的聖氮素濃度也是一般土地的三倍左右，因此到收成為止，可說是完全沒有什麼事情必須要做。

「那麼接著，請各位跟我過來。」

我帶著民眾移動到另一個區塊。

在這個區塊種植了我從老家附近的農地，拿來一平方公尺左右已經可以收成的麒麟薯。

這是為了說明麒麟薯的收成方法，我故意移植過來的。

「接著我要進入收成的說明。收成的方法……到採收為止都跟普通的薯類一樣。」

我說著，用大家都能看到的角度拔出地下莖，切下薯塊。

「不過這種薯只要地下莖埋在土中，就能持續長出新的薯塊。因此採收完薯塊之後，請立刻把莖埋回土中。」

如此接著說明的同時，我小心把莖埋回土裡給大家看。

「這種薯的生態稍微比較特殊……收成時期大約是兩週一次。因此今後各位的主要工作就是採收薯塊了。剛才那個步驟請各位要仔細記起來喔。」

最後，我這麼總結說明。

順道一提，所謂「兩週一次收成時期」是僅限於這塊土地的狀況。

麒麟薯的收成週期與聖氮素的濃度成反比例，因此種在這裡的麒麟薯，將會以通常無法想像的速度迎接收成期。

像我老家附近的那塊農地，就算再怎麼提高收成頻率，採收一次之後，都起碼要等上一個半月。

說明結束後，接著換成讓民眾發問的時間。

「我明白了。那麼……今後我們的主要工作是收成，而今天只要把芽種到土裡就行了是吧？」

「是的。各位眼前這些就是種薯。請大家按照剛才我說明的方法切塊埋進土中。」

「除了收成以外，還有什麼需要做的事情嗎？」

「我想想喔……在這塊農地我會展開一道結界，扮演簡易溫室的角色。而結界畢竟是魔道具，隨著時間也會耗盡魔力。結界魔道具使用的魔石是能夠補充魔力的類型，因此當魔石的魔力快要用完的時候請幫它補充一下。就這樣。」

「可以收成的薯塊跟還沒成熟的薯塊，要怎麼區分呢？」

「具備農家職業適性的人請使用栽培探測魔法。至於其他人，有一種效果範圍雖然只有半徑一公尺，但相對地可以當成生活魔法的簡易式詠唱型栽培探測魔法，就請各位使用這個魔法。詠唱咒語是這樣。」

「生活魔法的詠唱型栽培探測魔法……原來還有這樣的魔法，我還是第一次聽說。」

像這樣回答各種問題後，已經沒有疑問的民眾便輪流拿走種薯，開始種植。

就在這時……原本在一旁觀望的領主大人走過來向我說道：

「瓦里烏斯先生，本人由衷感謝你。這些失業的人民一直以來都是我擔憂的對象……好久沒有看到他們如此精神抖擻的模樣了。這肯定是因為有了工作，讓他們找回了生活的目標。你這樣幫忙創造了工作機會，也讓我卸下了肩上的重擔啊。」

領主大人說著，對我鞠躬致意。

「不敢不敢，大家都是互相幫忙。請你快把頭抬起來吧。」

「互相幫忙嗎……站在我的立場，實在沒有勇氣講那種話。畢竟不只是這件事，你還用多到驚人的萬靈藥拯救了領地的經濟以及我女兒啊。」

「那些也只是預付金而已啦。」

「哈哈哈，能夠講出那種話的你實在是很有肚量。今後若還有任何事情需要幫忙，都請你隨時提出來別客氣。」

我們如此交談一會之後，領主大人表示他需要回去處理政務，於是我用空間轉移將他送回了宅邸。

我接著再度回到農地，觀望民眾作業的景象。

就在這時候……

我忽然感覺到口袋裡有東西在震動。

「……終於出來啦。」

忍不住揚起嘴角的我，將口袋中震動的東西拿出來。

——是計算液晶。

我原本就設定好這臺計算液晶，讓它在之前那個演算法計算完成的時候會用震動的方式通知我。

既然它現在發出震動，就表示「透過覺醒進化能得出最大強化效果的魔物」的基因情報，推算結果出來了。

這下我總算可以去尋找理論上最強的魔物啦。

於是我用興奮發抖的手指操作計算液晶，將推算結果顯示在畫面上。

我從收納魔法拿出「覺醒進化素材雷達」後，將識別對象的魔力波設定暫時回歸初始設定。

接著把演算法推算出來的數值設定為新的識別對象。

所謂「覺醒進化素材雷達」，是因為當初的製作目的為探測可以交換為覺醒進化素材的魔物，我才取了這樣的名稱……但其實它可以改變識別魔力的特徵，自由設定想要探測的目標魔物。

而我現在就是變更了雷達的設定，讓它只會探測到遺傳情報與演算法推算出來的魔物相符的目標。

重要的是……這樣是否「真的可以探測到魔物」。

畢竟演算法推算出來的遺傳情報終究是理論值，實際上那樣的魔物很可能根本就不存在。

我抱著緊張的心情，啟動雷達。

不久後……雷達上只顯示出一個代表魔物所在座標的點。

「真、真的存在……」

在開心與激動等等各種情緒交雜之中，我忍不住如此說道。

『什麼東西真的存在？』

『就是理論上覺醒進化效果最大的魔物……簡單講就是你們的後輩候補。』

『真的嗎！』

『好耶～』

不知何時停到我雙肩上的高卡薩斯與巴力西卜，都用興奮發亮的眼睛一起看向雷達與計算液晶的畫面。

那個地點……幾乎位於這顆行星的另一側。

話說回來，整個星球上居然只找到一隻，真該說我很幸運在還有倖存個體的時候把牠找出來了呢。

這樣絕佳的機會，一定不能放過。

等確認大家順利完成今天的工作解散之後，我就馬上出發吧。

◇

種植作業順利結束，大家道別解散後，我便立刻坐上筋斗雲開始移動。

離開列托祿加地區後，持續好一段時間都是在海上移動，到兩天後的中午左右，總算讓我看到了另一塊大陸。

這大陸似乎整體都呈現跟自盡島一樣的環境。

我想這裡恐怕就是千兩大陸——不，如果按照這個世界的講法，應該稱作自盡大陸吧。

接著又移動大約四個小時後，我們來到雷達上顯示自己的所在地與探測對象的魔物所在座標互相重疊的地方了。

話雖如此，但畢竟現在雷達的探測範圍是整個行星，因此這樣其實還只是大致上接近了目標而已。

接下來我就放慢筋斗雲的速度，縮小雷達的探測範圍，尋找精確的目標所在地吧。

我們就這樣尋找魔物的下落，最後來到一處洞穴前。

在那洞穴前，有一隻體長約三公尺的蛾型魔物正在烤肉。

這種蛾型魔物，是包含前世在內，我從沒看過的新種魔物。

我試著發動探測魔法，但附近除了牠以外，完全沒有其他魔物的反應……看來「理論上覺醒進化效果最大的魔物」，就是這傢伙沒錯了。

我們下了筋斗雲走過去，結果那隻蛾型魔物發現我們，竟主動搭話：

『是一群生面孔呢。』

還沒締結從魔契約就能用精神感應講話，可見牠的智能應該也很高。

『你們看起來沒有加害之心的樣子……是餓肚皮被香氣引誘來的嗎？』

就在我進行判斷的時候，蛾型魔物又接著如此問我們。

可是在我開口之前，巴力西卜就先回答對方：

『原本是不餓啦，但現在見到那些肉，我即使剛吃完正餐，肚子還是餓起來啦！』

『正餐……？你講這話可真有趣，好像你不是野生的魔物一樣。若不介意，要不要一起來吃？』

『那我就不客氣啦～！』

結果巴力西卜忽然就決定要加入一起烤肉了。

……喂，你該不會忘了本來的目的吧？

我這句話差點脫口而出，不過仔細想想如果要馴服魔物，首先和對方培養感情是個不錯的做法。

然後「一起用餐」在培養感情上是相當有效的行為。

或許巴力西卜單純只是被食慾慫恿而已，但就結果來講，牠搞不好其實扮演了很Nice的角色呢。

於是我改變主意，決定一起參加烤肉。

「高卡薩斯看到那個也會勾起食慾嗎？」

『嗯，確實。雖然我剛剛才吃過魔獸脆片，不過看見那個肚子又餓起來了。』

話雖如此，但畢竟我不曉得那些肉是不是人類可以食用的東西，所以實際享用的應該只有巴力西卜和高卡薩斯而已就是了。

「那麼不好意思，就請你再準備兩人份的肉吧。」

我向蛾型魔物如此拜託後，在（恐怕是蛾型魔物自己製作的）烤肉架旁邊的石頭上坐了下來。

「多謝光顧！」

蛾型魔物說著，從牠自己的收納魔法拿出兩塊肉。

然後把那些肉也放到烤肉架上，開始烤了起來。

反正機會難得……在肉烤好之前，先來自我介紹一下吧。

「我叫瓦里烏斯，你呢？」

『我是貝希摩斯。』

我報上自己的名字，並詢問對方後……蛾型魔物的回答讓我不禁以為自己聽錯了。

貝希摩斯。

那在前世應該是一種已經滅絕的古代河馬才對……牠是講真的嗎？

『瞧你一臉懷疑的表情。仔細想想看，這名字可是包含「摩斯（moth，蛾）」在裡面。你不覺得非常適合我嗎？』

結果……貝希摩斯大概是看出我心中的疑惑，接著如此尋求我認同。

「說、說得也是。」

除了這麼說，我也不知道該怎麼回應。

反正本來的貝希摩斯早已滅絕（雖然我不清楚在這邊的星球上實際如何就是了），既然牠有自認為講得通的理由，要繼承名字也很難說有什麼不好啊。

「你的興趣……是烤肉嗎？」

我想說總之先聊下去看看，於是接著如此詢問。

『這也是興趣沒錯啦……不過我最大的興趣不是這個。我最喜歡做的事情呀，是觀察生物跟做實驗。要說那是我的生活價值都不為過。其實像這個肉……也是我為了追求美味而嘗試創造嵌合體的時候，做出來的魔物身上取下的肉喔！』

結果貝希摩斯愉快地這麼回答我。

……創造嵌合體的生物實驗，而且目的還是「為了追求美味」嗎？

即便是至今見過各種高智慧魔物的我，也是第一次遇到ＩＱ高得如此誇張的傢伙。

正當我這麼想的時候……

『那麼……接著可以換我問問題嗎？瓦里烏斯，你們之間看起來好像有透過某種我從沒見過的契約魔法相連起來的痕跡……這究竟是什麼？』

貝希摩斯又進一步向我展現出超乎我想像的洞察力。

「啊～這叫從魔契約。」

牠竟然一瞬間就察覺出這點。

該說真不愧是把觀察生物當成生活價值的傢伙嗎？

「雖然正確來講，跟我直接締結從魔契約的只有高卡薩斯——就是這隻甲蟲魔物。但由於高卡薩斯和這隻巴力西卜結交為搭檔，所以我們大家成為了夥伴。」

在難以平息的驚訝心情中，我如此補充說明。

『哦？從魔契約是嗎……原來還有那種東西。』

貝希摩斯說著，將烤好的肉放在同樣是從收納魔法拿出來的手工盤子上，端到高卡薩斯與巴力西卜面前。

『『『我要開動了！』』』

牠們三隻異口同聲地如此說道後，開始吃起嵌合體的肉排。

……對了。既然剛好提到從魔契約的話題，就試著進入正題看看吧。

於是我開口說道：

「其實……我們來到這裡的目的也跟這個有關係。貝希摩斯，我希望你也成為我的從魔。」

結果貝希摩斯連頭也不抬地問我：

『……哦？那樣對我有什麼好處？』

『可以吃到美味的飯！』

對於牠的問題，巴力西卜馬上大聲回答。

『對了，瓦里烏斯。你把那個調味料也撒在這個肉排上看看吧。』

『調味料？別說蠢話。這個肉是只撒岩鹽最好吃啊。』

巴力西卜接著向我提議在肉排上撒增味劑……可是貝希摩斯一聽到這句話，就提出了自己的主張。

「畢竟貝希摩斯都那麼說了……還是巴力西卜你先自己試吃比較看看如何？」

我暫時先這麼表示，把增味劑的瓶子遞給巴力西卜。

於是巴力西卜在一口分量的面積撒上增味劑，然後將那塊肉吃進口中。

『……太讚啦！我果然還是覺得這樣很好吃喔？』

『瞳孔的縮放程度……看來並不是在演戲。既然你都說到那個程度，我也試一口看看吧。』

看了巴力西卜的樣子後，貝希摩斯也決定嘗試看看增味劑。

『……我收回前言。這個等級完全不同啊。』

然後，牠漂亮地當場輸給了增味劑的魅力。

『只要成為瓦里烏斯的夥伴，就可以每天吃到這樣的肉排喔？』

『那聽起來確實很吸引人……』

不愧是巴力西卜。

或許因為同是昆蟲類魔物而能夠理解對方心情的緣故，牠很快就成功讓貝希摩斯的心開始動搖了。

形勢正佳，感覺只要再推一把。

於是我趁著這個良機，嘗試進一步提出其他好處：

「在這塊大陸根本沒有什麼人類對吧？只要你成為我的夥伴，你要如何對我進行生物觀察都隨你高興。另外……雖然我不知道你會不會覺得這是好處，不過只要你成為我的夥伴，我會對你施加一種叫作『覺醒進化』的特殊強化喔。你覺得如何？」

聽到我這麼說，貝希摩斯緩緩看向我們全體，接著說道：

『的確……我從剛才就很好奇高卡薩斯和巴力西卜，好像擁有什麼超越了原本物種極限的力量。牠們也接受過覺醒進化嗎？』

「沒錯。」

『嗯～原來如此……』

貝希摩斯再度把手臂（或者應該說六隻腳當中最接近頭側的兩隻）交抱起來，開始沉思。

還有沒有什麼其他好處可以提出來吸引牠呢？

我為了尋找能夠推牠最後一把的籌碼，拚命絞盡腦汁。

然而在我想到之前，貝希摩斯就做出了結論。

『好，我就接受那個所謂的從魔契約吧。雖然我對戰鬥之類的沒什麼興趣，不過我很好奇你講的覺醒進化究竟會對生理上造成什麼樣的變化。而且想想這樣一來，可以湊近觀察原本我想觀察卻因為太凶猛而無法靠近的魔物，擁有戰鬥能力似乎也不壞。』

看來我剛才提出的這些好處已經足夠的樣子。

「謝謝。」

我道謝後，對貝希摩斯發動從魔契約魔法。

當然，契約立刻就成立了。

『不過……既然要跟你們走，就表示我必須離開這地方對吧？可以稍微給我一點時間嗎？』

『是可以啦……你要做什麼？』

『我想整理一下我的住處。』

貝希摩斯說著，進入洞內。

於是我跟著進去一看……發現裡面有堆積如山的研究資料散亂一地。

『這個和這個，還有這個也需要……啊啊～受不了，歸類工作等以後再說好了。

現在總之全部收納起來！』

貝希摩斯最後放棄整理，把洞穴裡的東西全部收納。

『好，這樣就ＯＫ了！』

不知道為什麼，具備研究家特質的人好像多半都很不擅長整理東西的樣子。

原來在這點上就連魔物也一樣。

『那麼……你首先要對我施展那個所謂的覺醒魔法嗎？』

將住處整理（美其名為整理的單純收納魔法）結束後，貝希摩斯很快對我問起這點。

其實覺醒進化本來必須先加深與從魔之間的羈絆才會成功的……但既然牠本人如

此有幹勁，或許已經等於達成了那個條件。

不妨就試試看吧。

「好，就那麼辦。你稍微站在那邊。」

我說著，讓貝希摩斯站到剛才我們烤肉的地方。

然後，我把六個覺醒進化素材排列在牠周圍。

「麒麟啊……願汝賦予力量的祝福！」

我如此詠唱，貝希摩斯周圍的六個覺醒進化素材便一起綻放光芒，將牠包覆。

那道光芒變化為七種顏色，接著收斂後……現場的覺醒進化素材全部消失，只剩貝希摩斯留在那裡。

覺醒進化成功了。

「貝希摩斯，你覺得如何？」

『……這……這是……』

即使我詢問狀況，貝希摩斯依然瞪大著眼睛站在原地不動。

『……實在沒想到，我的身體居然會發生這種事。簡直就像變了個人一樣！』

不久後，牠又開心地這麼表示，到處飛來飛去。

「有感受到力量湧上來嗎？」

『何止是湧上來而已。這可不光是站到生物階級的頂點那種程度的小事，根本有

如站上了連階級制度本身都能嗤之以鼻的立場啊！』

……還真是讓人聽不太懂的比喻方式。

正當我在心中如此吐槽的時候，貝希摩斯緩緩仰望天空。

接著……牠的觸角忽然朝天上射出強力的光線。

十幾秒後，一具像是龍被燒焦的屍體從天上掉了下來。

『即使是煉獄龍，都能像這樣用一發陽電子就燒成黑炭！實在太美妙了！』

……等等，喂！原來這是煉獄龍啊？

竟然把存在本身被形容為烈焰化身的最高等級龍種活活燒死，火力再強也該有個限度吧。

話說……貝希摩斯的觸角原來可以發射陽電子砲。

那是牠本來就具備的能力嗎？

「貝希摩斯，原來你會發射陽電子砲啊。」

『才沒那種事。以前的我再怎麼努力也頂多只能放出電擊而已。這發陽電子是……因為我在理論上知道那個概念，想說現在的我如果想發射或許也能辦得到，所以稍微試試看就成功啦。』

原來單純因為牠是個天才。

那種世界最高等級的高等魔法，居然只是稍微試試看就成功了。

「不過……你為什麼要把煉獄龍打倒？剛才你明明說對戰鬥沒什麼興趣不是嗎……」

『首先是我想嘗試看看自己的力量……另外，因為我和那傢伙有仇呀。以前我有一次想要觀察龍……可是那傢伙居然罵我趣味低級，對我吐龍息！所以說……我回敬了牠一下。』

「這樣啊……」

居然用陽電子砲回敬龍息，怎麼想都做得太過火了。不過哎呀，對於覺醒進化前的貝希摩斯來說，煉獄龍的龍息同樣也是致命等級的攻擊嘛。

這樣考慮起來，或許可以算公平吧……大概。

總之，這個強度毫無疑問正是我所追求的東西。

在前世，根本沒有什麼魔物光透過覺醒進化就變得能夠射出陽電子砲，代表那個演算法推算出來的結果一點都沒錯。

不過……事情可不是到這邊就結束了。

覺醒進化還有後續啊。

「話說回來……貝希摩斯，其實覺醒進化還有下一個階段。既然都做了，要不要連那個階段也一起試試？」

我所謂的下一個階段，當然就是指阿提米絲施予的覺醒進化。

畢竟上次我把惡魔核心拿去給她了，就算我拜託她再追加幫我覺醒進化一隻從魔，她應該也會欣然答應吧。

我如此思考，所以對貝希摩斯提出這個建議。

『……啥？』

結果，貝希摩斯瞬間僵住。

『呃……你在跟我開玩笑吧？』

過了一會之後……牠才總算有點恐懼地對我如此詢問。

『這種有如犯規一樣的強化……怎麼可能還有下一個階段？』

「不，我是講認真的。」

看來貝希摩斯一時之間還無法接受覺醒進化還有另一個階段的事實。

「假使你覺得難以相信，那也沒關係……你只要告訴我一件事：如果真的有那樣的事情，你會想試試看嗎？」

『呃、嗯，如果真的有啦……』

「就這麼決定。」

總之得到了牠的同意，於是我決定現在出發前往月球了。

話雖如此，但如果要回去慣用的那座湖也未免太花時間。

先問問看附近有沒有地方可以當成固定金箍棒的地基吧。

「這附近……有沒有什麼完全沒有生物棲息的湖泊之類的地方？」

『問那種事要幹什麼？』

「因為如果要進行第二階段的覺醒進化，必須前往月球才行。所以我要利用叫作『金箍棒』的一種可以伸縮的棒子……而在伸長棒子之前，必須先把棒子的一端固定在地面上。因此要把湖水結凍，當成地基。」

聽到我這麼說，貝希摩斯當場愣住回應：

『……為什麼要那麼麻煩？如果要把棒子固定在地面上，只要挖個洞不就行了？』

牠想講的意思或許沒錯啦。

但那樣是不夠的。

「我們可是要到月亮去喔？要是洞不夠深，棒子可能會從洞裡掉出來啊。」

『那挖個夠深的洞不就好了？』

然而貝希摩斯卻用一副牠真的有什麼好方法似的態度繼續反駁我。

「你有什麼方法嗎？」

反正牠都這麼說了，我姑且抱著期待如此詢問。

『用這傢伙就行啦……出來吧，改造土龍・直線挖穴者。』

聽到我的問題……貝希摩斯忽然詠唱起我沒聽過的咒語，召喚出一隻地鼠。

『你去挖一個直徑跟這棒子一樣，然後深達地底好幾公里的洞。』

緊接著，貝希摩斯就對那隻地鼠做出這種指示。

「這地鼠是什麼……？」

『這個呀，是我以前透過基因改造創作出來的實驗生物之一。這隻地鼠可以挖出筆直的漂亮洞穴，不管途中遇上什麼障礙物都能挖過去。所以我給牠取了個名字叫「直線挖穴者」。』

一問之下，原來這跟食用嵌合體一樣，似乎是貝希摩斯的**作品**。

『看，牠完成啦。』

地鼠回到地面後，貝希摩斯便如此說著，放牠回到不知何處去了。

於是我試著把金箍棒插進那個洞，發現它確實有好幾公里深。

……這下的確沒有必要特地去找什麼湖泊啦。

直線挖穴者，感覺超級好用的。

「謝謝。這樣我們就能去月球啦。」

『呃……雖然都幫了忙才問這種話很奇怪，但現在真的要到月亮去嗎？用棒子去月亮，聽起來就有點莫名其妙呀……』

「實際去一趟就知道。來，抓住棒子吧。」

我說著，叫貝希摩斯抓住金箍棒。

等到大家都抓穩金箍棒後，接著就用一如往常的方法前往月球了。

◇

「哦哦，瓦里烏斯。自上次你送我那顆神奇的發光物體以來，好久不見啦。」

一抵達月亮，阿提米絲便帶著笑臉前來迎接我們。

「話說……嗯？你的從魔是不是變多了？」

下個瞬間，她就注意到了貝希摩斯。

「你該不會是希望我幫這孩子也覺醒進化吧？」

「……妳理解得真快。」

既然目的都被看穿，我們決定立刻來進行覺醒進化了。

可是……我這麼說著並看向貝希摩斯，卻發現牠困惑地僵在那裡。

「來，貝希摩斯，我們走吧。」

「你怎麼啦？」

『瓦里烏斯……這女孩究竟是何方神聖？我不管怎麼看，都覺得她是個超越生物的存在呀……』

「呃……畢竟她……是神嘛。」

看來貝希摩斯只是對阿提米絲的存在感到吃驚而已。

正由於牠平常總是在觀察生物，所以見到遠遠超出那個範疇的存在，讓牠當場困惑了吧。

『神……原來如此。既然你有這樣的人脈，能夠進行所謂覺醒進化的第二階段也就不奇怪了，是嗎？』

「嗯，可以這麼說啦。」

貝希摩斯理解之後，覺醒進化總算要開始了。

阿提米絲把手伸向貝希摩斯，貝希摩斯便發出七彩光芒……經過一段時間，光芒收斂消失。

「貝希摩斯，你感覺如何？」

『……又來了。又像剛才一樣，全身湧出力量啦！』

我試問一下，結果貝希摩斯振臂如此回應。

看來重覺醒進化成功了。

「阿提米絲，謝謝妳。」

「別客氣別客氣，這是當然的。畢竟我總是受你關照呀。」

聽到我道謝，阿提米絲對我露出笑臉。

就在這時……貝希摩斯又從觸角射出光線。

緊接著，那道光線飛去的方向霎時發出像是什麼有新的星星出現似的閃光。

「你做了什麼？」

『我試著破壞了一顆小行星。當然，只用一顆陽電子喔。』

貝希摩斯眼神閃耀地如此回答。

……誰會只為了嘗試力量就把小行星破壞掉啦？

哎呀，畢竟是覺醒進化效果最大的魔物又經過重覺醒進化，做到這個程度或許也很正常吧？

雖然規模之大讓我一時之間難掩困惑，但無可否認牠的確很可靠。

「下次我會再帶上露娜金屬過來。」

「好，我等你喔。」

要辦的事情辦完後，我這麼說著準備離開月球。

但是——就在這時……

「不……瓦里烏斯，你等一下。」

正當我要回去金箍棒前端，而用千里眼瞄準位置的時候……阿提米絲忽然把我叫住。

「怎麼啦？」

「那個……就在剛剛我接到麒麟聯絡，牠好像身體狀況不太好的樣子。我希望你也一起來聽聽通話內容。」

一問之下，事情似乎跟麒麟有關……而且好像是不太好的方面。

「……我知道了，讓我也聽聽吧。」

我這麼拜託後，阿提米絲就讓我也可以聽到她跟麒麟之間的神通力通話。

首先，我聽到麒麟彷彿隨時要嘔吐似的難受聲音。

這……感覺相當嚴重啊。

我不禁擔心地靜靜等待，後來麒麟深呼吸調整氣息。

接著，牠開始講話了。

「瓦里烏斯，你有在聽吧？」

開口第一聲……麒麟就先確認我也有連上牠和阿提米絲之間的通話。

「有。」

「那就好……你仔細聽清楚。其實，現在狀況相當嚴重。」

麒麟的聲音聽起來虛弱到彷彿隨時都要消失一樣。

「怎麼了？」

「玄武、青龍與白虎……準備要同時從封印中脫逃出去了。」

我讓牠繼續說下去後……得到的回答竟是遠遠超出我想像的糟糕報告。

喂喂喂，真的假的？

明明才剛打倒朱雀不久，居然下個邪神就緊接著要現身了，而且還是三尊同步。

這絕望的狀況讓我忍不住抱頭苦惱起來。

或許有人會覺得既然我方現在的戰力，比起朱雀戰的時候還要大幅提升，就算同時對付三尊邪神應該也會有辦法解決吧。

然而，那前提是其他三尊邪神和朱雀同等級。

確實……其中兩尊，玄武與青龍只是戰鬥類型不同，就實力上來講跟朱雀差不多。

但問題就在於剩下的一尊——白虎。

在四神之中，白虎的力量特別突出，甚至到完全不同次元的程度。

其他三尊邪神還算是鍛鍊到一定程度的馴魔師，能夠一對一單挑應付的對手……相較起來，白虎則是需要三十名世界頂級的馴魔師用上特殊的魔道具，並且精密地互相聯手合作才總算能夠打贏的對手。

現在的我擁有兩隻重覺醒進化過的從魔，其中一隻還是理論上最強的傢伙，因此或許在前世也能算得上具備頂級的實力吧。

然而即便如此，單純計算起來也必須有三十個我才有辦法贏過白虎。

而我現今所在的這個星球上……別說是相當於前世頂級的馴魔師了，根本除了我以外，沒有其他人擁有覺醒進化過的從魔。

如果是幾十年之後還姑且不談，但要是現在封印被破解，我們很明顯沒有勝算。

『原因是什麼？』

我決定先問清楚這點。

因為我認為既然會發生這樣的事態，肯定是有什麼難以迴避的理由。

『這個嘛……我能想到的大概就是朱雀消滅的事情吧。』

結果麒麟語氣愧疚地說明起來。

『畢竟這對於那群傢伙們來說也是前所未聞。所以恐怕是為了報復你，牠們互相串通了。那群傢伙們現在……不管怎麼想都應該是透過付出某種代價發動了禁忌的力量，在我體內強力反抗著封印……若原因真的是朱雀消滅，我實在很抱歉當初拜託了你那種事情。』

看來麒麟猜想認為是牠當初拜託我消滅朱雀，才導致了現在的事態，感到很愧疚的樣子。

『不，關於這點你不需要道歉。』

我如此表示，安撫麒麟。

畢竟就算起初是麒麟拜託的沒錯，但實際消滅朱雀的行動是出自我自己的判斷，我並沒有推卸責任的想法。

另外老實講，與其讓牠在那邊懊惱愧疚，我還比較希望牠把那些力氣用來撐住封印，多少幫我們爭取一點時間。

不管原因究竟為何，既然狀況已經變成這樣，現在重要的應該是考慮今後還有多少時間，並思考面對即將到來的戰鬥要做些什麼準備工作。

『緩衝時間具體來講還有多少？』

於是，我接著如此詢問。

『我能夠撐住的……最長也是再一個月就到極限了。』

結果來自麒麟的是這樣的回答。

一個月……簡直是有跟沒有一樣的期間啊。

『在那之前——拜託你。務必想辦法提升力量……消滅所有的……災厄……』

麒麟的通話到這裡中斷。

大概是繼續通話只會多浪費能量，所以牠決定專注於封印上了吧。

「剛才麒麟說的……是之前那隻龍的同伴嗎？」

通話中斷後，阿提米絲向我這麼確認。

「是啊。這下必須忙於準備對策，我要先回地表去了。要是麒麟發生什麼緊急狀況，或是妳發現在地表上有像上次的朱雀一樣可疑的傢伙，就麻煩妳聯絡我一聲。」

「好。如果有什麼幫得上忙的事情我也會提供協助，你隨時跟我講，別客氣喔。」

即便我現在完全沒有頭緒究竟該怎麼做才是最佳選擇，但總之必須有所行動才行。

於是我再度用千里眼瞄準金箍棒前端，與那三隻一起空間轉移了。

◇

後來過了兩個禮拜。

我在自盡大陸上運用雷達緊急湊齊了六種覺醒進化素材後，來到菲娜家門前。

我這麼做並不是打算讓菲娜跟我一起參加與白虎的戰鬥。

或者應該說，這兩個禮拜我暫時都將對抗白虎的對策放到一邊，先把除此之外必要的工作完成了。

現在的我若想贏過白虎，必須靠某種異想天開的點子。

然而白虎並不會慢慢等我想到那樣的點子。

因此我才決定暫時一邊進行對抗白虎以外必要的準備工作，同時一邊思考應付白虎的對策。

雖然說——所謂異想天開的作戰計畫，我到現在依然什麼也沒想到就是了。

言歸正傳，那我現在究竟打算拜託菲娜什麼事情呢……我其實是希望她能幫我拖住另外一尊邪神。

這是因為……邪神之中的一尊——玄武的戰鬥方式是引發魔物大舉進攻。

另外兩尊邪神都是本身戰鬥能力很高的類型，因此只要一對一單挑就可以。但是在我對付那兩尊邪神的期間，玄武很可能對一般民眾造成甚大的危害。

因此簡單講就是為了應付魔物大舉進攻，我希望準備好一名擁有覺醒從魔的馴魔師。

而最適合擔任這項工作的，就是和高卡薩斯擁有同等覺醒進化潛力的海克力斯的主人，也就是菲娜。

「啊，來了來了！」

當我來到菲娜家門前的時候……她就像是早料到我會來訪似地出來迎接我。

「……為什麼妳會知道？」

「因為海克力斯察覺到後告訴我啦！」

原來如此。

那也就是說，現在海克力斯也在家的意思。

這樣我可以順便一起向牠說明，或許來得正是時候呢。

走進客廳後，我便看到海克力斯躺在地板上。

於是我坐到客廳的沙發，立刻進入正題。

「其實……我今天來是有事情想拜託你們。」

「什麼事呢？」

「兩個禮拜後……會有成群的大批魔物襲擊某座城鎮。因此就算只是暫時也好，我想拜託妳和海克力斯幫忙擋住那群魔物。」

「成群的……魔物？」

我開門見山地說明後，菲娜頓時愣著表情如此回問。

「沒錯。妳應該知道之前這座城市被龍襲擊的事情吧？那傢伙的另外三個同伴現在正準備從封印中同時逃脫出來。然後……其中一隻是會役使大量魔物的類型。」

畢竟菲娜應該不曉得玄武的存在，所以我把包含玄武的特性在內一併向她解說。

結果菲娜歪著小腦袋說道：

「是可以啦……但交給我沒問題嗎？」

「靠妳現在的戰力應該會有點吃力。所以我帶來了這東西。」

我從收納魔法拿出覺醒進化素材，放在感到擔心的菲娜面前。

「妳把這些東西排列在海克力斯周圍，然後詠唱這段咒語。以現在的妳和海克力斯來說，絕對會成功的。」

接著，我把覺醒進化魔法的詠唱咒語寫在紙上，遞給菲娜。

「呃……麒麟啊，願汝賦予力量的祝福！」

她大概是透過麒麟召喚魔法已經對詠唱魔法很習慣的緣故，流暢地唸出了咒語。

緊接著，七彩光芒包覆海克力斯……覺醒進化素材隨後消失。

「這樣就好了嗎？」

「嗯，海克力斯……你現在感覺如何？」

畢竟會實際體驗到變化的是海克力斯本身。

於是我試著問海克力斯身體狀況。

『……我說，高卡薩斯。你一直都是用這樣的力量在戰鬥嗎？』

『沒錯。』

『喂，只有你太不公平了吧！』

『就算你跟我這樣講……』

或許是基於競爭意識，海克力斯對高卡薩斯稍微抗議起來。

……照那樣子看來，應該順利成功了吧。

關於覺醒進化的事情，以前高卡薩斯應該已經跟牠講過了。

即便如此還是會講出「太不公平了」這種話，就是因為海克力斯現在親身體驗覺醒進化的力量，體會到光靠言語形容難以明白的真正價值所在吧。

『海克力斯……我想問你一件事情。現在的你如果使用通訊魔法，最遠距離可以到多少公里？』

暫時放心後……我對海克力斯這麼詢問。

畢竟我今後要為了準備對付白虎的對策而行動……當那三尊邪神復活的瞬間，我和菲娜不在一起的可能性非常高。

換言之，到時候我必須從遠方指示菲娜應該怎麼做才行。

如果是彼此擁有神通力的存在，就能使用實質上距離沒有限制的通話……但無論菲娜或海克力斯都沒有神通力，因此需要透過魔法通話。

在這種狀況下，通訊範圍最大的應該是高卡薩斯和海克力斯之間進行通話吧。為此，我必須先知道我們和菲娜要保持在多少程度的距離範圍內，所以才問了這樣的事情。

『我想想……大概一百公里左右吧。』

結果海克力斯這樣回答。

……意外地短啊。

我本來希望再長一點……具體來講，就是可以把自盡島涵蓋在範圍內地說。

『不過……如果對象是高卡薩斯，就能拉長二十倍。畢竟是老朋友，就算因為距離太遠造成魔法雜訊，也能彼此靠感覺收訊。』

然而緊接著，海克力斯又補充說明。

……原來如此。

如果對象是高卡薩斯，就能到兩千公里了。

雖然通話對象有限制，但反正符合條件的是我最希望能夠通話的對象，所以沒什麼問題。

「那麼當天我希望你們怎麼行動的指示，我會透過高卡薩斯告訴海克力斯。除此之外，如果有什麼事情要告訴你們的時候，應該也會利用通話。那麼我們接下來還有其他事情必須要做，就此告辭囉。」

「嗯，再見囉～！」

最後我如此告知菲娜後，離開了她家。

◇

「好啦，這下玄武的對策是準備好了啦……」

走出菲娜家，坐上筋斗雲後，我這麼呢喃並深深嘆了一口氣。

講白了，應付白虎以外的對策必須做的事情，其實也就只有這樣。

換句話說，接下來我完全不需要思考其他事情，可以專心準備對付白虎的對策。

然而……現在的狀況就是，那個最重要的對策內容我完全沒有頭緒。

要召集到相當於前世頂級馴魔師三十人份的戰力，實在是遙不可及的目標。

「……嗯啊～總之先移動吧！」

但就算如此也不能完全都不行動，於是我姑且讓筋斗雲往王都的方向行進。

為了至少能在動腦袋的同時也動身體，我決定前往以前那座迷宮的一次性重生區域了。

當然，如果要按部就班鍛鍊自己對抗白虎，根本還需要上百倍乃至上千倍的訓練期間。

與其妄想那種事情，甚至不如向存在於浩瀚宇宙中不知什麼地方的前世那顆星球請求援助，搞不好還是比較好的作戰計畫。

雖然說這個作戰計畫的難處，不只在於要開發出能夠進行那種天文學距離移動的魔法或魔道具，而且光是把目標星球找出來就是痴人說夢。

因此到頭來，我能做的事情終究只有訓練了。

「……嗚！來瓶萬靈藥。」

『喂喂喂，你還好嗎？』

『最近會不會喝太多啦？』

我為了對付壓力造成的胃痛而灌下一瓶萬靈藥，結果巴力西卜和高卡薩斯都用擔心的語氣向我這麼說道。

至於貝希摩斯則是老樣子，現在也不知在埋頭寫什麼筆記。

……如果牠能發現什麼「今後永遠不會再胃痛的穴道」之類的就好了。

正當我如此胡思亂想的時候，貝希摩斯忽然抬起頭來。

……該不會真的發現了吧？

然而……這樣的期待只浮現了短短一瞬間。

從貝希摩斯口中說出來的並不是什麼研究成果的報告，而是詢問。

『瓦里烏斯，我想問你一件事情，可以嗎？』

「哦哦。」

雖然我內心覺得現在不是什麼問問題的時候，但反正就算我不理會牠繼續思考對策，大概也想不出什麼東西，於是我這麼回應。

結果貝希摩斯接著說道：

『我忽然想到一個問題……為什麼瓦里烏斯不馴服你自己呢？』

「啥？」

老實講，我一時之間還覺得「這傢伙在胡扯什麼」。

但是貝希摩斯的眼神看起來非常認真。

雖然我不曉得牠是為什麼會想到這樣的問題，不過應該可以確定這問題是出自牠深入思考的結果。

如此判斷的我，決定認真聽聽看貝希摩斯的想法了。

「馴服我自己……是什麼意思？」

首先聽起來最莫名其妙的就是這部分。

所謂的從魔契約是對魔物發動的魔法，就原理上根本不可能對自己本身發動。不是我「不做」，而是「辦不到」。

然而，貝希摩斯在初次見面時，還沒聽過我任何說明就看出我和高卡薩斯之間的從魔契約，因此我不認為牠想問的是這麼基本上的問題。

就在我如此思索的時候，貝希摩斯換了個問法：

『正確來講……與其說是你自己本身，我想說的是你體內的存在。人類體內不是有一群把三磷酸腺苷接在一起又拆開的傢伙嗎？』

「……粒線體啊。」

聽到貝希摩斯更詳細的問題……我這才理解牠究竟在講什麼了。

的確，如果是粒線體就能夠馴服。

因為粒線體具備獨自的ＤＮＡ，講起來就類似與人類共生的一種細胞，所以在某種意義上也可以說那像是微米單位的從魔。

透過魔法跟粒線體正式締結從魔契約魔法的行為，就原理上來講並非不可能辦到。

但是一般不會那麼做的理由很簡單。

單純就是那樣做得不到什麼好處。

「因為馴服了也沒有意義，所以我才沒做啊……？」

『……是嗎？那個……叫粒線體是吧？我認為如果讓那個粒線體覺醒進化，你自己本身應該也會變得相當強才對……』

聽了我的回答，貝希摩斯依然繼續追問。

然而，關於這點其實在前世也已經得出結論了。

透過讓粒線體覺醒進化使得馴魔師本身獲得強化的方法，講白了是一點都不現實。

會這麼說是因為……人類體內有為數一京以上的粒線體，全部都被視為個別的生物。

也就是說，如果要讓體內的所有粒線體覺醒進化，就需要一京套的覺醒進化素材。

那種數量就算把星球上的魔物全數殲滅都還遠遠不足。

那麼如果不要講全部，只讓其中一部分的粒線體覺醒進化又如何呢？假設讓一萬個粒線體覺醒進化，就整體來講也只占了一兆分之一，實際體驗上幾乎不會有任何差異。

要不就是現實上來講不可能，要不就是做了也沒意義。

「你以為一個人的體內有多少粒線體啊？要為那些全部各準備一套素材，再怎麼說都不可能啊……」

於是，我如此回答。

這樣一來貝希摩斯想必也不得不接受了吧。

但沒想到……在下個瞬間被點醒的人反而是我。

『如果是起初你為我做的那個覺醒進化，的確是那樣沒錯。不過……月亮上那女孩做的覺醒進化呢？我想那女孩應該可以施展範圍覺醒進化喔？既然是範圍覺醒進化，不管範圍內的生物有幾億還是幾兆都沒有關係了。這樣不就有可能辦到了嗎？』

……原來如此。仔細想想，確實在前世討論的都是麒麟的覺醒進化。

但如果是阿提米絲的覺醒進化，或許還有可能性。

話說回來……我還是第一次聽到所謂的範圍覺醒進化。

這種情報，貝希摩斯是從哪裡得知的？

「範圍覺醒進化？那種東西我還是第一次聽說……為什麼你會知道有那種東西？」

『因為我自己接受覺醒進化時的感覺呀。一開始的覺醒進化跟第二次的覺醒進化，我感受到力量進入體內的方式有些不同。這雖然只是我的推測……但我想那女孩應該也能辦到「對空間發動覺醒進化的力量」。值得嘗試看看吧？』

一問之下才知道，牠竟然是從自己接受覺醒進化時的體驗分析出來的。

那是什麼誇張絕技啦？

難道牠全身上下都是為了進行生物觀察用的感覺器官嗎？

不管怎麼說，這可謂是現在最大的好消息。

即便還不是確定的情報，但假如真的可以讓我全身的粒線體都覺醒進化，想必可以一口氣變得遠比在迷宮中進行鍛鍊還要強吧。

反正就算失敗也沒其他辦法可行，我就碰碰運氣到月亮去吧。

「……好，我試試看。貝希摩斯，麻煩你再叫直線挖穴者幫我挖個洞。」

我讓筋斗雲下降到地面的高度，並對貝希摩斯如此指示。

接著，我嘗試詠唱記載在前世的歷史教科書角落，誰都沒想過要施展的馴魔師用詠唱魔法。

「掌管吾體內之腺苷者……正式締結契約，成為吾之從魔吧。」

這是對自己體內的粒線體專用的範圍從魔契約魔法。

雖然是在關於粒線體的研究過程中開發出來的東西，但自從發現「覺醒進化不切實際」之後便走入歷史，成為沒什麼人關注的魔法了。

還好我把前世的高中歷史課本丟在收納魔法中都沒有整理過呢。

『挖好囉。』

就在我施展完契約魔法後，貝希摩斯的直線挖穴者也挖出了深度幾公里的洞。

於是我把金箍棒插進裡面，讓大家抓住。

就這樣，我們往月球出發了。

◇

抵達月球後，阿提米絲一臉擔心地前來迎接。

「瓦里烏斯，怎麼啦？第一次看到你表情這麼嚴肅……」

我對那樣的阿提米絲開門見山地問道：

「我想問妳一件事……阿提米絲，妳能夠施展範圍覺醒進化嗎？」

這次的嘗試是否能成功，完全賭在這點上。

假如這單純是貝希摩斯誤會，阿提米絲根本沒有那種能力的話，作戰計畫就要重新回到起點了。

我抱著祈禱的心情，等待阿提米絲回答。

結果她稍微閉目思考後，開口說道：

「……我想應該不是辦不到。以前確實沒辦法……不過由於上露娜金屬的第二穩定同位素讓神通力的質產生變化，使得我對神通力操作的自由度提升了。但效果範圍頂多只有半徑二十公分喔？那樣有意義嗎？」

「……太好了。」

聽到阿提米絲的回答，我不禁鬆一口氣。

只要能夠辦到，那樣就足夠了。

既然效果範圍是半徑二十公分，如果要讓全身上下的粒線體都覺醒進化，或許要分成好幾次施展範圍覺醒進化。

即便如此，既然對象是為數一京以上的微生物，一次只能對一個對象施展，和一次可以對範圍內的大量對象施展，這差異可說是有天壤之別。

「什麼叫太好了……你究竟想要我做什麼？」

見到我放心的模樣，阿提米絲頓時愣住。

既然已經確認了最重要的事情，我接著立刻進入正題。

「我希望對我自己……正確來講，應該是我體內的粒線體進行覺醒進化。妳願意幫我嗎？」

「粒線……哦哦～原來是這麼一回事。因為你想到了那樣的點子，所以才問我是否能辦到範圍覺醒進化是吧。」

阿提米絲終於會意地敲了一下手掌。

「當然沒問題囉。只不過……覺醒進化每施展一次，就需要四個小時左右的休息時間。所以如果要對全身施展，需要整整一天的時間喔。這樣也沒關係嗎？」

她接著便欣然答應了我的請求。

「謝謝妳。當然沒問題。」

就算離三尊邪神解放剩下時間不多，至少也還有一週半左右的緩衝期。

區區一天的時間根本不構成任何問題。

因此我這麼回答，並原地坐下。

「那麼，麻煩妳先對我的頭部施展一次吧。」

「好。」

阿提米絲把手伸向我的額頭後，這次換成我的周圍發出七彩光芒，過一段時間後收斂消失。

同時，我感受到某種神奇的感覺。

或許是覺醒進化的影響，我總覺得魔力和神通力彷彿在我的頭部互相融合了。

我試著讓那個融合的力量流向這次覺醒進化範圍之外的手臂，結果融合效果又解除，變回魔力與神通力……因此可以斷定這就是覺醒進化的影響。

雖然我還不曉得這個現象具體上有什麼用途，但如果能夠有效運用，應該會很厲害。

「……有變強的感覺嗎？」

「有。總覺得我的魔力和神通力好像融合在一起了。」

「這……這樣呀。真是神奇的現象……」

聽到我說明了自己身上發生的狀況，阿提米絲頓時感到有點驚訝。

或許對她來說，我覺醒進化後會變成這樣，也是出乎預料的事情吧。

總之，在阿提米絲休息的時間……我就在可以嘗試的範圍內嘗試看看這個力量，也請貝希摩斯幫我看看，加深對這個力量的理解吧。

如此決定後，我開始在自己的頭部操作起融合的力量。

◇

後來……經過二十個小時。

「這樣全身就完成囉！」

「謝謝，妳辛苦了。下次我一定會帶大量的上露娜金屬過來給妳。」

我全身的覺醒進化終於結束。

多虧這二十個小時嘗試過各種事情……我對於這個新的力量，也有了相當深入的理解。

這個力量的特徵主要分為兩項。

首先第一項特徵是，這個力量有點像是取盡了魔力與神通力雙方的優點。

只要使用這個力量，無論像身體強化或銀河斬之類的魔法，或者像空間轉移或時間操作之類的神通力招式，兩邊都能夠施展。

不過像是魔力操作跟神通力操作都一樣的死者復生與情報抽取，如果用這個力量施展，兩邊的效果都會同時發生，唯有這點需要特別注意。

然後最重要的是，只要使用這個力量，可以發揮出使用同等的魔力或神通力施展同樣招式時好幾百倍的威力。

簡單來說，就是透過將魔力與神通力融合，有如讓我本身的戰鬥能力提升了好幾百倍。

接著另一項特徵是……當我使用這個力量的時候，從魔契約會化為肉眼可視的線。

而且我能夠藉由那條線把融合的力量傳送給從魔，讓從魔一時能夠使用融合的力量。

雖然每次都必須由我提供力量，但這代表今後在戰鬥的關鍵時刻，我可以讓高卡薩斯牠們的戰鬥能力提升好幾百倍的意思。

知道這點之後，我心中的焦躁與絕望就完全消散了。

畢竟就單純的力量上來講，我們已經充分凌駕於白虎之上。

從貝希摩斯不經意想到的問題展開的這項嘗試。

我本來只是抱著一縷的希望……沒想到居然會讓狀況產生如此巨大的變化，甚至可以說是「不幸中的大幸」中，「大幸」的部分特別大的案例呢。

話雖如此，所謂「凌駕於白虎之上」的前提，是我們之間的力量傳送必須順暢，因此接下來還必須練習合作默契就是了。

回到星球之後還有一個禮拜的時間，應該能充分讓我們培養默契才對。

「這樣一來，你們能夠打贏麒麟之前講的那些傢伙了嗎？」

「沒問題。我們絕對會把麒麟的敵人全數消滅掉。」

「那真是可靠。麒麟是我在神界唯一的朋友……就拜託你囉。」

「好。」

如此道別後，我用千里眼尋找金箍棒的前端。

畢竟來到月球經過了二十個小時，位置上離得相當遠，但只要利用融合的力量施展空間轉移，那距離充分包含在發動範圍內。

於是我讓那三隻蟲抓住我的肩膀後，發動空間轉移。

接著便朝地面開始縮短金箍棒了。

◇

回到地表後，我們立刻移動到自盡島。

因為我希望以盡量接近實戰的方式，訓練在戰鬥中傳送力量的行為。

雖然相較於白虎，自盡島上的魔物強度根本遠遠不及……但畢竟說到底，擁有接近白虎強度的魔物本來就不存在，所以練習對手只能妥協了。

即便要妥協，我還是希望能找到具備一定強度又富多樣性的對手當成假想敵，所以才會選擇自盡島。

而且我另外還下了一些功夫，例如藉由時空干涉讓周圍的時間加速，提升敵人的行動速度等等，盡可能讓自盡島的魔物也能重現出接近於白虎戰的狀況，進行戰鬥模擬。

如此一來，應該最起碼可以避免在正式交手的時候，碰到完全跟不上對手速度的窘境吧。

就這樣，一個禮拜的時間轉眼過去。

正當我坐筋斗雲在自盡島上空吃著學校餐點的時候……終於接到來自阿提米絲的通話。

『瓦里烏斯，麒麟跟我聯絡囉。』

『牠怎麼說？』

『已經到極限了。』

『……這樣啊。』

那肯定代表已經將邪神嘔吐出來，從封印中解放的意思。

心中如此確定的我接著問道：

『妳……有沒有看到地表上忽然出現什麼感覺擁有神通力的生物？』

『這個嘛……等我一下。』

阿提米絲大概是用千里眼觀察整個地表，接著說道：

『出現在平流層的龜、龍和虎……感覺很可疑。』

龜、龍和虎……是嗎？

那跟歷史課本上記載的玄武、青龍與白虎的外觀完全一致。

而且龍還沒話講，但龜和虎怎麼想都不是棲息於平流層的生物。就這個觀點，也可以確定牠們就是從封印中解放出來的邪神。

『謝謝。如果可以，我希望妳幫我繼續監視那些傢伙的動向。尤其……那隻龜無論如何都要優先追蹤。』

我說著，從收納魔法拿出計算液晶。

畢竟邪神跟我們一樣能夠使用神通力，因此牠們想必會朝各自的目標地點發動空間轉移。

青龍與白虎恐怕會直接到我這裡，而玄武應該會轉移到某座迷宮的最深層之類的地方。

等阿提米絲告訴我玄武的轉移地點之後，我再利用計算液晶的通訊軟體把地點告訴菲娜。

通知完成之後，戰鬥就要開始了。

幾秒後。

『牠們發動空間轉移了！』

不出所料，那三尊神似乎透過空間轉移移動……於是我接到阿提米絲的聯絡。

同時，在我眼前出現一隻全身散發亮白色的靈氣，毛色呈現黑白條紋的老虎。

為了保險起見，我嘗試用魔力探測那隻老虎，但探測魔法卻對牠沒有反應，因此確定這傢伙就是白虎了。

『虎到我這裡來了，龜呢？』

我立刻如此回問阿提米絲。

『……在你稱作王都那地方附近的迷宮！』

沒過多久，我得到這樣的回答。

……猜對啦。

聽到阿提米絲的回應，我內心不禁竊喜。

這是因為……前幾天我預測玄武應該會盯上能夠導致人員傷害最嚴重的地點，也就是王都的迷宮，所以事先聯絡菲娜到王都待命了。

而這下我的預料成真，最起碼避免了「在菲娜抵達之前，讓城鎮人民受害」的事態發生。

玄武的能力【範圍洗腦操作】能夠讓周圍的魔物無意間遭到洗腦，同時進行操控……不過那個洗腦效果遍及所有魔物之前，需要約兩分鐘的時間。

靠海克力斯的移動能力，應該能夠在兩分鐘內抵達迷宮入口才對。

「高卡薩斯，你聯絡海克力斯說『「那傢伙」轉移到王都的迷宮了，很快就會有魔物從迷宮湧出來，因此快到迷宮入口準備。』這樣。」

我如此說著，拜託高卡薩斯傳話。

接著終於準備要與白虎對峙……但就在這時，我忽然發現一件奇怪的事情。

——應該會跟白虎一起到這裡來的青龍，居然到處不見蹤影。

我本來認為除了玄武以外，應該都會直接來找我才對，為什麼卻不在？

難道是躲在什麼地方，想要偷襲我嗎？

『話說回來……龍到哪裡去了？』

既然這樣，我想說就從阿提米絲那裡問出青龍的位置，反過來對牠發動奇襲，而如此詢問。

可是得到的回答卻完全超出了我的預想。

『這個嘛……其實那隻龍，跑到我這裡來了。』

……青龍那傢伙，竟然盯上阿提米絲。

難不成是牠們注意到重覺醒進化的力量源頭，而展開了解除那個源頭讓我弱化的作戰嗎？

這實在出乎我的預料。

就因為把力量借給我，結果害阿提米絲遇上這種事情，真是對她很抱歉。

「這下變得棘手啦……」

話雖如此，但那邊是神與神之間的戰鬥。

現在的阿提米絲透過上露娜金屬獲得了原本全盛期以上的力量，以勝負的觀點來看，應該不至於完全沒有勝算才對。

『……很抱歉讓事情變成這樣。那隻龍……妳有辦法打倒嗎？』

『老實講……我覺得要贏應該很難。不過只要別大意，應該也不會輸。』

我試問一下對方看起來的感覺與力量差距，結果得到這樣的回答。於是我決定暫時把青龍交給阿提米絲對付。

只要不會輸，那就足夠了。

等我打倒白虎和玄武之後，再到月亮去打倒青龍就行。

其實……在自盡島的戰鬥訓練中，我們開發出一項副產物，能夠以超高速前往月亮。

雖然給阿提米絲添了麻煩真的很抱歉，但既然事情已經變成這樣也沒辦法，接下來就依序解決能做的事情吧。

所以說……白虎，我先來送你最後一程。

我首先對那三隻發出指示，順便確認作戰計畫。

『高卡薩斯，我把力量傳送給你。貝希摩斯專心觀察白虎，找出對牠有毒的化學物質。然後巴力西卜負責把貝希摩斯告知的化學物質生成出來！』

這次我們的作戰計畫是這樣。

首先由我和高卡薩斯拖住白虎，為巴力西卜與貝希摩斯爭取準備毒藥的時間。

等毒藥完成之後就用在白虎身上，使牠弱化。

最後再使出我們這一週來練習的必殺技，確實擊中因為弱化而動作變得遲鈍的白虎。

如此一來就討伐結束了。預定上啦。

畢竟按照歷史課本的描述，過去討伐白虎時使用的魔道具，似乎就是讓神弱化的類型。

由於那個魔道具的製作方法本身，在前世是屬於魔導國防總部的機密，我無從得知，但我想說在戰鬥計畫上可以承襲那套做法。

雖然說，現在我們的戰力足以匹敵前世的頂級馴魔師數百人份，因此其實不用做到那種地步，獲勝的可能性也並非為零。

不過哎呀，總之有備無患吧。

我透過化為肉眼可視的從魔契約之線，將融合的力量傳送給高卡薩斯後……高卡薩斯的身體開始散發出銀白色的靈氣。

緊接著，牠一口氣加速，逼近白虎。

就在這時……白虎為了反擊高卡薩斯，高高舉起牠的前爪。

「你休想！」

我算準千鈞一髮的瞬間，讓高卡薩斯空間轉移到白虎背後。

下一剎那，高卡薩斯的角深深刺進白虎的背部。

「吼啊啊啊！」

白虎因劇痛發出咆哮。

我緊接著靠空間轉移繞到白虎背後，配合高卡薩斯往後加速的瞬間朝白虎一踹，幫高卡薩斯把角拔出來。

「咳哈！」

從白虎的背部開始流出大量鮮血。

牠就這樣彷彿全身虛脫似地癱軟下去，朝地面緩緩掉落。

……難道剛剛那一刺就造成致命傷了？

會這麼簡單就結束嗎？

若真如此，我當然很高興，但還是不能輕忽大意。

搞不好牠是在裝死，或者應該說假裝快死的樣子引誘我們追擊，企圖靠反擊逆轉局勢。

不管怎麼說，照牠那樣的出血量，只要牠什麼都不做就真的會死。

就算牠發動什麼回復技能，我們也只要按照原定計畫等毒藥完成後，確實把牠擊敗就行。因此現在還是別鬆懈大意，應該專心觀察白虎的動靜。

如此判斷的我，保持著緊張感靜靜等待。

結果不出所料，白虎有所行動了。

『不愧是【弒神者】……靠普通的戰鬥沒有勝算是吧。』

白虎直接在我們的腦內如此說道。

什麼弒神者……原來在牠們之間是那樣稱呼我的嗎？

不過比起這種事，現在更讓我在意的是發言內容。

牠說「靠普通的戰鬥」沒勝算，那究竟接著打算怎麼做？

難道牠有什麼在這種狀況下可以使用的絕招？

「……休想得逞！」

既然如此，趁牠還在準備發動絕招的時候把牠擊敗才是良策。

畢竟這可不是在演什麼戲，「變身途中不攻擊」的規則並不適用啊。

於是我高舉露娜金屬製的劍，為了砍下白虎的腦袋而急速下降。

然而……白虎這時竟使出了我完全沒有料到的手段。

沒想到在我抵達白虎的頸部之前……牠忽然用前爪挖出自己的心臟，靠兩隻前腳

「磅！」一聲把它壓爛了。

「……什麼！嗚哇啊啊！」

白虎的心臟霎時蒸發，朝四面八方散開的蒸氣把我颳走了一百公尺左右。

那傢伙，到底在搞什麼？

實在過於超乎常識的行動害我當場呆住。

然而那種感想也只維持了短短一瞬間。

緊接著，我全身忽然感受到強烈的倦怠感。

然後……我看向白虎。

教人難以置信的是，牠的傷口完全癒合了。

白虎左右搖頭兩三下後，又再度直接在我們腦中說道：

『真受不了……居然逼我發動了【帝王的威嚴】。這招一旦發動，千年以內萬一死了就再也無法轉生，所以我本來不太想用的……但反正面對【弒神者】，不管怎樣只要死了就會當場完蛋。所以這代價等於有跟沒有一樣啊。』

聽到牠這麼說……我想起來了。

朱雀發動共鳴率百分之四○○的神經連結，同樣是以轉生關聯的條件為代價的強化招式。

邪神們原則上都是不死的存在……即便被殺掉，也只是靈魂被封印到麒麟體內而已。隨著時間經過，恢復力量的靈魂又會從麒麟體內脫逃出來，並獲得肉體重生。

然而在邪神之中，有些個體能夠藉由讓上述的轉生流程產生困難為代價，獲得平時狀態以上的力量。

例如上次打倒的朱雀就是透過「存活」時間限定於七十二小時，而且死後靈魂被封印在麒麟體內的時間也會延長十倍為代價，化身為「朱紅鳳凰龍」獲得強大的力量。

而那個招式的白虎版本，就是以「千年之內死了便無法再度轉生」為代價，獲得所謂【帝王的威嚴】的強化吧。

沒想到白虎也有那類的強化手段……

那傢伙所謂【帝王的威嚴】的效果（至少應該是效果之一），大概就是我現在感受到的倦怠感。

仔細一看，白虎全身的肌肉也明顯變得比剛才發達。

……對牠本身造成正面效果，然後對我方造成負面效果的招式是吧。

『……你可別以為還能像剛才那樣囂張了。我要為朱雀報仇，為我們帶來安寧！』

白虎說罷，霎時消失蹤影。

『瓦里烏斯，背後！』

我聽到高卡薩斯大叫，趕緊回頭……看到白虎在那裡準備對我揮下爪子。

『休想！』

就在爪子揮落的瞬間……高卡薩斯插入我和白虎之間，用角擋住白虎的利爪。

我接著趕緊發動空間轉移，和白虎拉開距離。

然而……雖然我的閃避動作及時趕上，還是讓高卡薩斯的角承受過量的負荷，當場被折斷了。

「高卡薩斯！」

我急忙從收納魔法拿出裝有萬靈藥的瓶子。

就在那瞬間……巴力西卜總算傳來我等待已久的通知。

『瓦里烏斯，貝希摩斯分析出對那傢伙有效的毒藥了！我現在要開始調配，把力量也分給我吧！』

『好，知道了。』

聽到牠這麼說……我立刻提升傳送給高卡薩斯的力量。

由於巴力西卜是高卡薩斯的搭檔，因此當我要把融合的力量分給巴力西卜的時候，中間必須經由高卡薩斯傳送。

所以我提升了要分給巴力西卜的部分。

『謝啦！』

確認力量傳給巴力西卜後，我利用空間轉移把瓶子裡的液體直接送到高卡薩斯口中。

『這下你就無法刺我……什麼？』

如我所料，白虎的視線當場盯向高卡薩斯重生出來的角。

這可說是剛好為巴力西卜形成了障眼法。

『完成啦！』

我看向巴力西卜……發現有一團看起來就很毒的紫色液體凝聚成球狀，飄浮在牠頭頂上。

『你這傢伙做了什麼事！』

『是萬靈藥啦。我讓牠喝了無論多嚴重的傷勢都能完全回復的藥。』

我對瞪向我提問的白虎搖一搖手中的瓶子，如此回答。

『要不要也讓你喝喝看啊？』

如此說道之後，我把液體送進白虎口中。

只不過——這次送的液體是巴力西卜製造出來的毒藥就是了。

『嗚咕！』

靠空間轉移傳送的毒藥撐開白虎的喉嚨，讓牠不得不把毒藥嚥下去。

「嗚……咕哇啊啊啊啊啊啊啊！」

緊接著，白虎痛苦地全身扭動起來。

與此同時……不知是不是我的錯覺，總覺得剛才那股倦怠感稍微比較緩和了。

『嘿嘿～什麼【帝王的威嚴】，耍帥個屁。那種雕蟲小技，一點都不夠看啦！』

巴力西卜說著，朝白虎扮了個鬼臉。

『話雖這樣說……就算用上最強的毒，頂多也只能讓效果減半而已就是了。』

『很夠啦，巴力西卜。接著補牠最後一招吧。』

我如此慰勞巴力西卜後……用空間轉移來到貝希摩斯的觸角上。

『高卡薩斯，白虎那樣扭動身體不好瞄準，你幫我壓住牠。』

『好。』

高卡薩斯聽到我的指示，便發動拘束魔法，把白虎五花大綁。

最後只要用我們練習的必殺技擊中牠就行了。

那招只要能擊中……現在的白虎肯定也束手無策，只能當場化為灰燼。

然而……正當我如此深信的時候。

白虎再度直接對我腦中傳話說道：

『【弒神者】啊，那可不是明智的選擇。』

大概是最後的垂死掙扎，白虎企圖對我展開心理戰。

不知為何，牠的臉上露出得意的笑容。

這感覺……應該不是在求饒的樣子。

即使這麼想，我依然不以為意地把劍舉起來。

可是……聽到白虎接下來的一句話，讓我不得不解除動作了。

『青龍此刻不在月球上。要是你現在殺了我……知道另一個強大的馴魔師會有什麼下場嗎？』

雖然講得婉轉，不過我清楚理解白虎想表達的意思了。

這傢伙……趁剛才那瞬間聯絡青龍，叫牠放棄解除重覺醒進化，改為前往菲娜的地方了。

然後要是我殺掉白虎，青龍就會立刻奪走菲娜的性命。

……盡用這種卑鄙的手段。

為什麼不會堂堂正正衝著我來？

我一時之間差點被怒氣吞噬，但就是在這種時候更需要冷靜。

於是我開始思考，有沒有什麼辦法能夠拯救菲娜的同時，也和白虎做出了斷？

現在重要的是，巴力西卜製造的毒藥有多強的效果。

如果是足以致死的毒性，我大可以丟下白虎去打倒青龍。但若是遲早會解毒的程度，要是讓白虎完全復原甚至準備好對策就很麻煩了。

而且……假設那是致命性的毒，我也不認為在我追上青龍之前牠不會傷害菲娜。

在這點上，我究竟該怎麼做才好？

雖然乍看下會覺得就算遇到最壞的狀況，我也可以使用死者復生……但對手可是邪神。

誰也不敢保證對方是不是可以用神通力，施展什麼妨礙復活的招式。

我遲遲得不出結論，幾秒鐘的時間過去。

就連那樣短短幾秒鐘，我都感覺像是過了幾個小時。

不過……就在這時，意想不到的援軍到來。

『瓦里烏斯，不要上當！跟我交手的龍的確有打算丟下我離開沒錯，但我用轉移阻礙招式妨礙了牠的移動！』

通話是來自阿提米絲。

據她的講法……白虎的作戰計畫其實根本無法如牠所願的樣子。

『意思是說青龍還在月亮？』

『沒錯。不過轉移阻礙的毒箭只是偶然射中牠而已，第二發不一定也能射中。而照那毒性，在那傢伙身上應該只能發揮幾分鐘的效果。所以拜託你盡快行動！』

『了解！』

既然如此，我要做的事情就只有一個。

我再度把露娜金屬製的劍舉向前方。

『呃、喂，認真的嗎？你這傢伙應該不可能對那個馴魔師見死不救才對！』

白虎露出驚訝與困惑交雜的表情如此說道，但我懶得理牠。

『貝希摩斯，開始吧。』

在我的指示下，貝希摩斯的兩根觸角開始爆出閃電。

我配合那個時機，靠魔法將自己的身體磁化後……我立刻感受到某種力量一口氣把我往前推進。

下個瞬間，我保持舉劍姿勢飛向白虎……就這樣刺穿了牠的身體。

接著當我好不容易減速下來的時候，自盡島已經遙遠得看起來只剩一個點了。

我一邊灌萬靈藥一邊反覆空間轉移，回到自盡島一瞧，那裡卻看不到白虎的蹤影。

「……白虎呢？」

『一如字面上的意思，蒸發掉啦。畢竟是被那麼強大的能量擊中，不管什麼東西都會當場化為氣體的。』

我一問之下，貝希摩斯如此向我說明狀況。

看來白虎已經討伐完成了。

剛才那招正是我們開發出來堪稱最終奧義的必殺技——電磁砲噴射。

把我本身當成電磁砲的砲彈，把貝希摩斯的觸角當成電磁砲的磁軌，藉由電磁感應加速發揮超高能量的突刺攻擊。

這是我想起貝希摩斯能發射陽電子砲，覺得既然這樣，是不是也能讓人類加速，於是開發出的招式。

順道一提，我所謂「以超高速前往月亮的招式」其實就是指這招。

由於電磁砲噴射的初速可以超過每分鐘二十萬公里，因此只要瞄準的不是白虎而是月亮，短短幾分鐘我就能抵達月球。

只不過……這招應該已經沒有機會派上用場了。

就算我現在用電磁砲噴射前往月球，要是跟解除了轉移阻礙的青龍錯過就糟糕了。

現在的狀況下，我應該前往菲娜的地方比較好。

話雖如此……也沒什麼時間了。

剩下的時間只有幾分鐘。

就算我們趕路前往王都的迷宮，也不曉得哪邊會先到。

「抱歉，沒有時間沉浸在勝利的餘韻中了。我們立刻出發！」

我說著，從收納魔法拿出幾瓶萬靈藥，開始朝王都的方向發動空間轉移。

由於我獲得了融合的力量，一次空間轉移的最大距離也伸長到原本的幾百倍。只要不考慮耗油量的問題，這個方法遠比坐筋斗雲來得快。

這場賽跑，我絕對不能輸。

『阿提米絲，要是青龍轉移了就馬上告訴我。』

我如此拜託阿提米絲，並且在內心祈禱最好在我們抵達王都之前都不要接到通知。

『牠們發動空間轉移了！』

就在外觀呈現龜、龍與虎的三隻生物從南極消失的時候，我很確定消失的原因就是空間轉移，於是告知瓦里烏斯。

同時，我將千里眼的視線移動到王都的迷宮。

理由是……根據瓦里烏斯事前告訴過我「會役使魔物」、「會試圖盡可能對人類造成危害」等等特徵來推測，能當作據點的迷宮與人口聚集的場所兩項條件都具備的王都，是可能性最高的地點。

不出所料，我發現剛才那三隻生物之中的龜，出現在那座迷宮的最深層了。

『虎到我這裡來了，龜呢？』

『……在你稱作王都那地方附近的迷宮！』

我對瓦里烏斯的詢問立刻如此回答。

接著，就在我準備尋找剩下那隻龍的時候……我莫名有種不好的預感，於是暫時解除千里眼。

結果……我終於搞清楚那不好的預感究竟是什麼。

正準備要尋找的那隻龍，居然轉移到我眼前了。

『話說回來……龍到哪裡去了？』

『這個嘛……其實那隻龍，跑到我這裡來了。』

『……很抱歉讓事情變成這樣。那隻龍……妳有辦法打倒嗎？』

我將龍的下落告訴瓦里烏斯後，他語氣愧疚地詢問我是否能打贏對手。

只要對方是神，我基本上都可以相當準確地估測自己與對方的力量差距……而這隻龍看來是個不太好對付的對手。

『老實講……我覺得要贏應該很難。不過只要別大意，應該也不會輸。』

於是我這麼回答瓦里烏斯。

畢竟瓦里烏斯在至今的特訓中似乎學得了某種初速快得很誇張的飛行技巧，因此只要我這麼告訴他，等他自己的戰鬥分出勝負之後，想必就會趕來救援。

即使我打不贏對手，只要能撐到那時候就可以了。

暫時切斷通話後，我把注意力集中到眼前的對手身上，架起弓。

『哦……妳想跟我打？』

眼前的龍露出目中無人的笑臉，用神語對我如此說道。

『只要妳不抵抗，我可以讓妳死得不痛苦喔～』

大概是想跟我交涉的意思，龍接著對我瞄了又瞄地這麼表示。

當然，我沒有接受那種交易的想法。

就算在這場戰鬥中被殺死，我只要再轉生就可以了……但是在我**死亡的這段期間**，瓦里烏斯他們的覺醒進化會被解除。因此我不能想得那麼悠哉。

『你不可能突破這招的。』

如此回應的同時，我將神通力注入弓。

結果弓上出現一支箭，於是我抓住它。

接著——

『阿提米絲流弓術——彈幕激射。』

箭矢射出去後——瞬間大量增生，各自劃出不同的軌跡射向龍。

……如果是認識瓦里烏斯以前的全盛期，我射出一發「彈幕激射」的箭矢數量光是一千支就到極限了，但這次卻能增生到將近兩千五百支。

這都要歸功於上露娜金屬，以及它的第二穩定同位素。

『……唔！』

面對朝自己飛來的箭矢……龍發揮出教人難以置信的敏捷動作扭動身體，全數迴避。

態。

『還沒完呢！彈幕激射！』

在所有箭矢都被閃開之前，我射出追加的「彈幕激射」。

龍雖然能夠避開我的箭，但似乎光是閃避就很吃力的樣子，讓戰鬥陷入膠著狀態。

對我來說，這樣就足夠了。

——只要讓這樣的狀態持續到瓦里烏斯趕來救援就行。

然而……事情似乎沒有那麼簡單。

『麻煩！看我把妳連同那些箭一起燒成灰燼！』

龍張大嘴巴，吐出龍息。

龍息一路將「彈幕激射」的箭矢燒盡蒸發，朝我直逼而來。

見到這招，我也不得不感到驚訝。

……哎呀哎呀，居然做這種事。

你與其那麼做，我覺得不如乖乖繼續閃避「彈幕激射」還比較好地說。

我用空間轉移往正後方退下。

如此一來，堆成一座小山的上露娜金屬就被夾在我和龍息之間了。

『露娜吸收！』

我如此詠唱後……龍息就在擊中上露娜金屬的瞬間，轉換為和我的神通力親和力很高的能量。

而且那些能量全部都被吸收到我體內了。

沒錯，露娜金屬具有一種性質，能夠將接受到的能量轉變為讓我可以吸收的形式。

而「露娜吸收」就是讓露娜金屬接受到強大的能量時，能夠高速變換能量的觸媒技。

透過這招，原本是一團高純度能量團塊的龍息就被我完全吸收了。

換言之，只要在月球上戰鬥，使用能量類型的遠距離攻擊，對於敵人來說完全是錯誤的選擇。

畢竟那隻龍是擁有相當等級力量的神，我本來以為這種程度的事情，牠應該會察覺才對……但這下看來牠的智能並沒有我想得那麼高。

『彈幕激射！』

我立刻展開反擊。

『……該死！』

龍咒罵一聲，又開始閃避箭矢。

或許是已經沒有其他手段的關係，牠接著除了一直閃箭之外就沒有任何行動。

……嗯，按照這樣的神通力消耗速度，除非瓦里烏斯來得非常慢，否則我應該可以持續發動『彈幕激射』直到他趕來才對。

如此判斷的我，決定把專注力都放到射箭動作上。

然而……幾分鐘後。

我莫名有種不寒而慄的感覺……於是對龍發動竊聽神通力通話的招式。

其實我自己也不清楚，為什麼感到不寒而慄後選擇的行動是竊聽神通力通話。

然而這項行動看來是非常正確的選擇。

『別管月球上的女人了。你現在立刻空間轉移到正在妨礙玄武的那個女馴魔師的地方，把她抓起來當人質。』

沒想到，龍接收到某個人物傳來這種命令。

從通話內容來推測，下令的應該是正在和瓦里烏斯交手的那隻虎。

而且要是我就這樣讓龍逃掉，恐怕會造成對瓦里烏斯來說很不利的狀況。

我立刻生成一支箭，架到弓上。

這是一支毒箭，中了這個毒的目標（根據免疫力的個體差異），會在幾分鐘～幾十分鐘內完全無法施展時空干涉類型的招式。

到剛才幾千支的箭都全部被閃開了，我實在不曉得這支箭是否能射中對手。

不過現在那隻龍正稍微把注意力放在通話上，因此只要讓箭沿著通過對方死角的軌跡飛行……或許有可能擊中目標。

『了解！』

就在龍如此回應的同時，我讓射出的箭從牠背後逼近，結果很幸運地，那支箭刺到龍的後腦杓。

『痛啊！』

緊接著，我模仿龍的聲音，用神通力通話對正在和瓦里烏斯交手的虎回應：

『抓到那女人了！』

同時，我告知瓦里烏斯：

『瓦里烏斯，不要上當！跟我交手的龍的確有打算丟下我離開沒錯，但我用轉移阻礙招式妨礙了牠的移動！』

『意思是說青龍還在月亮？』

『沒錯。不過轉移阻礙的毒箭只是偶然射中牠而已，第二發不一定也能射中。而照那毒性，在那傢伙身上應該只能發揮幾分鐘的效果。所以拜託你盡快行動！』

把該告知的事情全部告知後，我發動空間性通訊妨礙，遮蔽通話。

這是為了不讓龍訂正我剛才對虎撒的謊。

『……！沒辦法轉移！到底怎麼回事！』

至於那隻龍似乎嘗試空間轉移卻失敗，頓時焦急慌張起來。

『是剛才那支箭嗎？畜生！』

話雖如此……相對於口氣上的憤怒，牠似乎還能保持冷靜，為了跟我拉開距離而開始遠離月球。

牠這是完全放棄殺掉我的打算，決定在恢復轉移能力之前，專心不讓我再射中牠第二發吧。

既然如此……我不能過度追擊。

畢竟我要是遠離月球，力量就會衰減。萬一追得太深入結果遭到反擊，搞不好會造成致命傷。

對手距離越遠，箭就越難射中。我想第二發的轉移阻礙大概也只能放棄了。

但我覺得總比什麼都不做來得好，於是繼續朝著龍逃走的方向發射彈幕激射與轉移阻礙箭。

然而到最後，龍還是遠離到看起來只剩一個點，我再怎麼樣都無法擊中的位置了。

……拜託，希望在龍轉移到瓦里烏斯的夥伴那裡之前，瓦里烏斯可以擊敗那隻虎，快點趕到那女孩的地方。

一反剛才那場激戰，現在的我只能如此祈禱了。

『……高卡薩斯傳話來了。』

就在我為了讓自己冷靜下來，不斷反覆在手掌上寫五個「人」字吞進口中的動作時……

海克力斯終於告知我出征的時刻到來了。

『「那傢伙」轉移到王都的迷宮了，很快就會有魔物從迷宮湧出來，因此快到迷宮入口準備……這樣。』

這就是收到的傳話內容。

「瓦里烏斯的預測猜對了呢。」

聽完海克力斯的傳話內容後，我如此說道。

講話的對象有一個當然就是海克力斯，至於另一個人——是泰瑞恩哥哥。

要說到為什麼泰瑞恩哥哥會在這裡，理由要追溯到前天。

前天我接到瓦里烏斯的聯絡之後，正當為了出發前往王都而準備行李時……被姊姊問道要去哪裡了。

於是我向姊姊說明狀況，結果她當場強烈反對。

「就算是瓦里烏斯的拜託，我也不能讓妹妹負責那麼危險的事情。」

雖然姊姊這麼說，但瓦里烏斯都幫我強化海克力斯了，我也不能事到如今才違背約定。

為了說服姊姊，我當時可說是傷透腦筋。

然而就在這時……泰瑞恩哥哥到我家來了。

他聽完我們的說明後，幫我說道：

「不過……現在的海克力斯可是比我還要強喔。菲娜雖然是妳妹妹，但現在的她除了瓦里烏斯之外，堪稱是世界上最強的存在。如果發生連那樣的她都很危險的狀況……那不管怎樣，這個世界都會完蛋啦。」

一方面也多虧泰瑞恩哥哥幫忙說服，最後我總算獲准在有條件之下前往王都了。

而那個條件就是「泰瑞恩哥哥要跟著我一起來」。

如此這般，我們今天早上在王都旅館的大廳集合後，一直在等待瓦里烏斯的聯絡……然後就在剛才，收到了出發的指示。

「嘿～咻。」

走出旅館後，我從收納魔法拿出一個載人用的吊籃，將四個角落的繩子綁到海克力斯的腳上。

接著，我和泰瑞恩哥哥坐進吊籃後……

「海克力斯，可以飛囉～」

『了解。』

海克力斯飛了起來，帶著我們一起浮向空中。

隨著高度提升，在視野角落逐漸可以看見迷宮了。

從迷宮裡很快已經有魔物開始湧出，不過因為還只是很淺層的魔物而已，靠迷宮附近的冒險者們似乎還有辦法應付的樣子。

……必須在他們無法對付的魔物跑出來之前，趕到現場才行。

我在內心祈禱著深層的魔物們出來之前最好能多花一點時間，並加速趕往迷宮入口。

◇

過了三分鐘左右，我們抵達迷宮入口。

吊籃著地後，我開始解開懸停在半空中的海克力斯腳上的繩子。

「從迷宮裡似乎有魔物大量湧出來的樣子，大家沒事吧？」

早我一步下了吊籃的泰瑞恩哥哥，則是趁這時候向正在戰鬥的一名冒險者搭話。

「哦哦，我是不曉得究竟發生了什麼天地異變啦，不過目前大家都沒……呃，你是！」

被泰瑞恩哥哥搭話的那位冒險者，一開始還普普通通地回答……但或許是遲了一拍才發現對方是誰，當場驚訝得發出怪聲。

緊接著，那位冒險者露出一半驚訝一半放心的表情，告知正在戰鬥的所有人：

「各位，那個『克努斯箭號希望』的泰瑞恩大人來啦！這下不管發生什麼事都不用擔心了！」

聽到那聲音……正在戰鬥中的冒險者們紛紛「哦哦！」地歡呼起來。

「……在我們沒辦法對付的魔物出來之前，泰瑞恩大人請先到一旁休息吧。目前的狀況我們還能夠應付，所以希望您可以盡量保留體力。」

「好，就這麼辦吧。」

大概是不安的心情獲得消解的關係，冒險者們發揮出比剛才更強的氣勢，開始討伐湧出的魔物。

然而……那樣的戰況才維持短短三十秒，就開始逐漸變樣了。

「嗚啊！」

就在從入口處出現的新魔物把一名冒險者打飛的時候……剛才跟泰瑞恩哥哥講話

的那名冒險者，又對泰瑞恩哥哥說道：

「泰瑞恩大人，終於連第六十多層的魔物都跑出來了！這下只靠我們實在無法應付，拜託您了！」

看來對方判斷戰況已經不是講什麼保留體力的時候了。

「好。」

泰瑞恩哥哥說著，站起身子……看向我。

「菲娜繼續留在這裡。等到連我都沒辦法對付的傢伙出來時，再拜託妳了。」

「嗯！」

我點頭回應後，泰瑞恩哥哥英勇地走向迷宮入口。

他接著「啪！」一聲彈響手指……周圍的魔物們就忽然彼此交戰起來，魔物與魔物開始自相殘殺。

「我們都束手無策的魔物，居然那樣一瞬間就……」

「話說，他居然可以同時操縱那麼多魔物！」

「活生生的傳說……能夠讓我親眼見識真是太幸運啦……」

泰瑞恩哥哥的魔法輕輕鬆鬆讓魔物們接連喪命的景象，讓周圍的冒險者們都看得目瞪口呆。

「對付有毒的魔物，就利用浸透勁擊破毒囊……是嗎？他不只是強，而且還懂得用最少的力氣高效率殺敵的技巧啊……」

在我旁邊的海克力斯也感到佩服地這樣為我解說。

泰瑞恩哥哥的優勢持續了好一段時間。

但是……就在過了幾分鐘，好幾隻綻放亮白色光澤的哥雷姆開始出現後……

「菲娜，交棒！那個我光是打倒一隻就需要十分鐘了！」

泰瑞恩哥哥說著，朝我的方向奔來。

見到這一幕……周圍的冒險者們都騷動起來。

「居然連泰瑞恩大人都打不贏的對手嗎！」

「那應該是合金哥雷姆吧……我頂多只有在神話圖鑑上看過而已啊！」

「話說泰瑞恩大人剛才講什麼？如果我沒聽錯，他好像說了『交棒』的樣子……」

「不不不，我們更不可能對付得來啊！」

在那樣一片騷動中，我和海克力斯一起往前走去……結果冒險者們都彷彿看到什麼無法相信的景象一樣，紛紛瞪大眼睛。

「難道說，所謂的『交棒』……是跟那女孩子……？」

「呵呵，怎麼可能在這種狀況下開那種玩笑嘛……」

大家似乎都無法相信我是真的要上場戰鬥的樣子。

就在這時，我從收納魔法拿出裝有增味劑的瓶子，並且對自己發動身體強化。

接著走近那群哥雷姆……以超高速把增味劑撒進它們身體零件之間的縫隙中。

結果……不出所料，那群哥雷姆為了吃到掉進縫隙的增味劑，互相解體起來。

就這樣，它們一隻接著一隻失去戰鬥能力了。

「好耶，跟我想的一樣！」

我回到海克力斯身邊，一邊興奮振臂一邊觀望戰況時，從背後傳來聲音。

「呃、喂……那女孩子，居然真的贏了。」

「不是我的幻覺吧？明明是連泰瑞恩大人都要苦戰的對手，居然那麼輕易就……」

我轉回頭，看到周圍的冒險者們都一臉緊張的樣子。

其中有一名冒險者接著說道：

「……難道說，那女孩就是傳聞中『瓦里烏斯的頭號弟子』……？」

結果其他冒險者們也吵嚷起來。

「居然有那樣的人物？我可沒聽過啊……」

「不，那只是傳聞的程度，而且也不清楚是否真的是徒弟。不過我聽說有個馴魔師跟瓦里烏斯感情不錯，而且印象中好像是年約十二歲的女孩子。」

「聽你這麼一說，那女孩子的確帶著一隻海克力斯魔兜蟲……瓦里烏斯的頭號弟子擁有和高卡薩斯成對的從魔，這樣想起來好像很有說服力？」

其實真正的關係，只是瓦里烏斯拜託我擔任講師示範從魔的對待方式啦……不過哎呀，畢竟這次是在瓦里烏斯的拜託下來參加戰鬥的，要說我實質上是他的徒弟好像也沒錯就是了。

正當我想著這些事情的時候，這次換成哥雷姆以外的魔物開始現身，於是我把注意力放到那邊。

剛才的哥雷姆是因為我偶然想到弱點，才試著靠自己的力量打倒……但這次的魔物感覺沒那麼好對付，所以我還是拜託海克力斯出動了。

「海克力斯，幹掉牠們！」

『……先來場暖身運動吧。』

海克力斯說著，出擊戰鬥……把迷宮中新冒出來的魔物全部用大顎輕易咬碎了。

「果然沒有錯！那個強度……根本不是甲蟲類魔物本來的等級。那異常的強度絕對是源自瓦里烏斯不會錯！」

冒險者們見到海克力斯的動作，似乎察覺出覺醒進化的差異了。

原來那種事情光用看的就能知道呀～？我這麼想著並望向海克力斯，看到牠讓迷宮入口處產生一個小規模的龍捲風，把冒出來的魔物們一隻隻颳起來，每當累積到一定的數量就用爆炸魔法將魔物清空。

「啊，是藍鳳凰。」

就在這時……我從海克力斯炸飛的魔物中，發現了和瓦里烏斯初次見面時留下印象的魔物，不禁如此呢喃。

結果大概是我的呢喃聲被聽到，接著從背後傳來這樣的對話：

「藍……藍鳳凰！那隻海克力斯居然殲滅了傳說中的魔物嗎……」

「那確實很厲害沒錯啦……不過更重要的是，現在竟然連藍鳳凰都跑出來了，這座迷宮究竟打算把多少階層的魔物吐出來啦？」

就在這時……

從後方傳來「喀啦喀啦」的聲音，於是我轉頭一看，似乎是騎士們趕到現場了。

其中一名騎士下馬後……看著我，感到奇怪地自言自語：

「……嗯？在戰技大會上打敗我的對手，是這樣年幼的女孩子嗎？」

你應該是把我跟瓦里烏斯搞錯了啦。我雖然在心中這麼吐槽，但並沒有真的講出口。

然而……現在更重要的是，我在那群騎士們背後的上空發現一個不得了的存在，頓時變得移不開視線。

沒想到……那裡居然出現了一隻龍。

光是從迷宮冒出來的魔物，就不曉得海克力斯能夠撐到什麼時候了……現在背後居然還出現龍。

「怎、怎麼會這樣……」

我忍不住腳軟，癱坐到地上。

或許是見到我這樣子，眼前的騎士與冒險者們也紛紛轉頭看向後方。

「這……這實在……打不贏啊……」

「阿、阿維尼爾大人！」

眼前的騎士一看到那隻龍，當場用發抖的雙腳往後退下幾步……冒險者們見到他那樣的反應，也開始驚慌失措。

看來現場沒有一個人能夠打贏那隻龍的樣子。

「瓦里烏斯……這種事我可沒聽說呀……」

姊姊為我擔心的表情頓時浮現腦海，讓我的眼淚奪眶而出。

但是……就在我以為一切要完蛋的時候，

眼前發生了不可思議的現象。

上空忽然閃過一道強烈得彷彿要燒掉眼睛的光線……結果以那道光線為分界，龍當場被劈成兩半。

見到那景象，讓我確定了一件事。

——瓦里烏斯，他趕上了。

『瓦里烏斯，那傢伙到王都去了！』

我反覆發動幾十次空間轉移。

就在聽到阿提米絲這麼說的時候，我總算來到可以靠肉眼看見王都的距離。

換句話說……我也能從遠方看見青龍了。

我立刻決定出各自的任務，並告訴大家：

『貝希摩斯，麻煩你發動電磁砲噴射。目標瞄準那隻龍，威力是剛才的十分之一。高卡薩斯和巴力西卜先到迷宮裡面，幫我抓住玄武。』

由於現在青龍面朝王都迷宮的方向，我們剛好位於牠的死角。

因此從這個地方可以偷襲青龍。

既然我們沒有被青龍發現，便意味著菲娜他們不會被青龍當成「你敢殺我就不放過這些傢伙……」的交涉材料。

在這樣的狀況下，尤其是偷襲的絕佳機會。

然後既然對手是青龍，光靠一發電磁砲噴射都甚至算是過度殺害（Overkill）了。

所以我才拜託高卡薩斯和巴力西卜，不是一起對付青龍而是先去應付玄武。

順道一提，之所以把威力降到十分之一，是為了不要對王都造成嚴重傷害。

由於青龍是在天上，即便我砍完青龍後減速失敗，也不至於會直接撞進王都……

但光是以高速通過王都上空，依然難免會造成衝擊波損壞建築物。

既然這樣，反正都會過度殺害，我便決定把威力控制在最小限度了。

將足夠分量的融合力量分給大家之後，我跳到貝希摩斯的觸角上。

『要上囉。』

「好。」

貝希摩斯的兩根觸角開始爆出閃電，而我配合那個時機，讓身體磁化。

下個瞬間……我已經飛到青龍的地方。

「看我這招……結束你！」

我高舉起露娜金屬製的劍，將青龍一刀兩斷。

通過青龍後，我專心讓自己高速飛行的身體減速。

等到好不容易靜止下來，回頭一看時，我發現被砍成兩半的青龍正往下掉落。

「……城裡的人危險。」

要是讓那屍體直接掉落到地面會很不妙，於是我空間轉移到屍體正下方，用收納

魔法把屍體收了起來。

接著，我轉移到菲娜的地方。

「瓦里烏斯！」

「抱歉，我來得太驚險了。另外……妳表現很棒喔。」

看到菲娜哭著抱住我的樣子，讓我頓時對她感到有點抱歉。

……從最後冒出迷宮的魔物種類看來，要是沒有菲娜在，王都應該早就毀滅了。

因此我依然認為這項判斷並沒有錯就是了。

「話說……原來泰瑞恩先生也跟來啦？」

「因為艾莉亞反對讓菲娜參加這場戰鬥……後來讓菲娜出發的條件，就是我要跟她一起來了。」

「原來如此。」

我如此交談的同時，為了確認玄武的狀況，而用千里眼看向迷宮最深層。

仔細一看……玄武正全身顫抖著。

……雖然這只是我的直覺，但我總覺得牠的樣子好像不太尋常。

但願那不是什麼不好的預兆。

我接著嘗試對玄武發動改造成可以竊聽到自言自語的通訊魔法……結果發現我不好的預感成真了。

『可惡……既然事情變成這樣……』

首先可以確定，那應該是朱紅鳳凰龍或是【帝王的威嚴】的玄武版，也就是伴隨代價的強化魔法發動前的預兆。

高卡薩斯牠們還沒到嗎？

總覺得與其等牠們抵達，還不如我自己去打倒玄武比較快，於是我靠空間轉移來到玄武面前。

但是……非常不巧地，當我轉移的瞬間，玄武已經不在那裡了。

『咦？瓦里烏斯……你不是在菲娜那裡嗎？』

『話說玄武不在啊！』

「我猜那傢伙恐怕是將自身強化後，為了執行什麼作戰計畫而離開了這裡……如果要襲擊應該就會到地面上。我們也快回去。」

我和遲了一步趕到現場的高卡薩斯與巴力西卜如此交談，同時帶著牠們兩隻用空間轉移回到地面上。

我們轉移回來後稍遲一拍……玄武的身影便出現在上空。

在牠周圍——聚集著一大群強度少說有比精銳學院附屬迷宮最下層等級更強的魔物們飛在天上。

其中約有半數是無論在這座王都迷宮或自盡島上都沒見過的種類。

——看來玄武的強化內容，大概是「把整個星球上嚴選出來的強大魔物，瞬間召集到身邊成為自己手下」的能力吧。

雖然不是沒辦法應付，但可真會找麻煩啊。

「嗚哇……那是什麼……」

「氣魄……氣魄好嚇人……」

「……世界末日到來了嗎？」

見到那群魔物，包含泰瑞恩先生在內的周圍所有人都顫抖起來。

——但是……

不知道為什麼，那群魔物們也表現出類似的反應。

『為什麼那個瘋狂科學家會在這裡！』

『牠明明應該被一個神祕的人類綁架了才對啊！』

『不要把我帶到這種地方來！』

我用魔法嘗試竊聽，結果聽到的是這樣的內容。

牠們的眼睛……全部都看著貝希摩斯。

『誰是瘋狂科學家啦！我只是稍微在研究好吃的肉而已啊！』

至於貝希摩斯則是不曉得為什麼對那群魔物如此反駁起來。

根據這狀況……我完全搞懂了。

那些魔物，全都是來自自盡大陸。

然後……當中也有過去曾經遭到貝希摩斯進行生物實驗的個體。

而且當時留下的心理創傷似乎強烈到甚至解除了玄武的支配，結果牠們不但沒有對我們表現出敵意，反而還對玄武感到不滿的樣子。

既然這樣，我也有話要說。

『說什麼綁架也太失禮了。我可是透過圓滿的交涉讓貝希摩斯加入夥伴的啊！』

或許跟接下來應該要打倒的對象講這種話也沒意義，但牠們那種講法簡直傷害到我身為馴魔師的自尊心，因此我最起碼提出了反駁。

然而……很可惜，沒有一隻魔物在意我的主張。

『咱們先把這傢伙幹掉！』

『這隻該死的職場虐待龜！』

魔物們說著……首先開始攻擊玄武。

……不妙。

玄武本身完全沒有戰鬥能力啊。

照這樣下去，在我消滅牠之前，牠就會被那些傢伙「殺掉」了。

於是我趕緊介入其中，把露娜金屬製的劍刺進玄武頸部。

由於是在魔物們的第一發攻擊擊中之前就刺到的關係，這樣應該是我讓玄武喪命了才對。

魔物的攻擊之中，包含擊中玄武的餘波可能會對王都造成破壞的東西，因此我同時展開能夠把攻擊魔法的威力吸收的結界。

『……糟了！瘋狂科學家的主人以為咱們在搶他的獵物啦！』

『糟糕……這下太糟糕了……』

至於那群魔物則是……似乎對我心生恐懼的樣子。

……既然沒有要戰鬥的意思，我應該也沒必要打倒牠們吧。

雖然打倒了會有經驗值，但要是過於專注戰鬥結果反而波及到周圍也很不妙。

「巴力西卜，你可以製作讓牠們強化回巢本能的藥嗎？高卡薩斯幫忙把驚慌錯亂的魔物處理掉。」

『沒問題！』

『了解。』

巴力西卜對空中散布某種氣體後，魔物們便立刻朝自盡大陸的方向飛去……當中只有一隻在逃跑的時候作勢要發動魔法讓周圍打雷，因此只有那隻魔物被高卡薩斯解決掉了。

雖然途中發生了一點麻煩事，不過這下事件總算落幕啦。

我如此想著，深呼吸一口氣。

「瓦里烏斯，戰技大會以來好久不見啦。話說……那隻龜是？」

就在這時，忽然有人從背後向我搭話，於是我轉頭一看……站在那裡的原來是阿維尼爾先生。大概是聽聞這場騷動，所以直屬騎士團也趕來救援的吧。

「這就是讓魔物們從迷宮中多到跑出來的犯人。由於如果不用特殊的方法殺掉牠，牠會不斷轉生，因此處理工作請交給我吧。」

我這麼回答的同時，砍下玄武的腦袋。

「話說回來……剛才上空出現了一隻完全無法估測力量、實力深不見底的龍，接著又不知被什麼人砍成兩半消失了……我想那當然也是你做的對吧？」

「呃，是沒錯啦。」

就在我把露娜金屬製的劍收起來的時候，阿維尼爾先生又換了一個話題，於是我這麼簡單回應。

「那個屍體……你可以給我看看嗎？」

結果阿維尼爾先生提出了這樣的要求。

畢竟這裡是迷宮入口前稍微比較空曠的場所，要把青龍的屍體拿出來也不是沒有地方可以放……但是拿屍體出來看究竟有什麼意義呢？

「那是沒問題啦……」

即使感到疑惑，我還是把屍體拿出來，放到地面上。

「原來如此，這就是……不好意思，這個可以先暫時交給我們嗎？為了向國王大人報告你這次的功績，我想要用這個當成證據。」

……原來理由是為了向國王報告啊。

反正我暫時也想不到這屍體有什麼用途，而且如果只是寄放而已，事後會還給我的話，我也沒理由拒絕就是了。

「那是可以啦……既然這樣，要不要我幫忙送到王宮去呢？畢竟這很大……」

「不，沒關係。這隻龍……恐怕有被很多王都的民眾目擊到。因此我們刻意不將它收納起來，用可以看見的方式運送屍體，比較能夠讓民眾放心。」

「原來如此……」

為了讓民眾放心，是嗎？

該怎麼說呢，感覺真像是騎士的思考方式。

就這樣，青龍與玄武的屍體暫時交給阿維尼爾先生了。

現場最後剩下我和高卡薩斯牠們三隻，菲娜與海克力斯，還有泰瑞恩先生。

「……要不要來場慶功宴？」

「嗯！」

「說得對！」

於是我們決定回去「奧利哈鋼美髮沙龍」，順便舉辦慶功宴了。

我確認了一下萬靈藥的庫存，發現似乎不夠我們回到梅爾克爾斯，於是我先到迷宮的第二九六層收集材料。

完成之後，我們利用反覆施展空間轉移，回到梅爾克爾斯的街上。

「哇～好快喔～！」

「移動時間約十分鐘……瓦里烏斯這個移動方法到底是怎麼辦到的……」

就在菲娜興奮大叫，泰瑞恩則是目瞪口呆的時候，我敲了敲「奧利哈鋼美髮沙龍」的店門。

「來了……哦，瓦里烏斯！好久不見！還有泰瑞恩，你們平安回來啦。」

「好久不見。」

「雖然發生了很多事啦……詳細內容等進去再講吧。」

在隊長招待下，我們進入屋內。

結果進去一看，這次「克努斯箭號希望」的三名成員同樣聚集在這裡。

「請問今天也是各位要去冒險的日子嗎？」

「不，真要講起來，應該說是為了預防萬一才集合的。畢竟你講的那隻『會煽動魔物的恐怖傢伙』，也不是沒有可能由於什麼陰錯陽差跑來襲擊梅爾克爾斯嘛。」

「啊，原來各位還有想到這個層面……謝謝大家。」

我向大家這樣的細心關照鞠躬道謝後，從收納魔法拿出六瓶藥與六個杯子。

『巴力西卜，幫我把裡面的東西變成柑橘系的口味。』

『沒問題。』

如此拜託巴力西卜後，我將飲料（萬靈藥）倒入大家的杯子中。

「那麼各位……想必大家都累了，先來乾一杯吧。」

「「「「乾杯！」」」」

喝下去後……由於剛剛在移動過程中我已經喝了不少萬靈藥，所以現在並沒有感受到多少藥效，不過巴力西卜的調味實在完美，喝起來順口有勁。

「咯哈～這萬靈藥太好喝啦～！」

「奇怪……這種話明明聽起來應該很誇張才對，是我的認知已經麻痺了嗎？」

「好好喝喔～」

這味道似乎也深受大家好評的樣子。

接著或許是因為沉浸於精神上總算獲得解放的感覺中，大家沉默了好一段時間。

後來打破沉默的，是隊長提出的問題：

「話說……其實我從剛才就想問你了。瓦里烏斯，那隻蛾型的魔物，是你新找到的從魔嗎？」

看來隊長很在意貝希摩斯的存在。

「哦哦，對對對。這點其實我也一直很在意，只是到剛才都沒機會發問。」

泰瑞恩先生也附和隊長的提問如此表示。

既然這樣……就讓貝希摩斯自我介紹好了。

「貝希摩斯，跟大家打個招呼吧。」

『我叫貝希摩斯，原本是住在這顆星球另一側的大陸，但因為有美味的餐食，加上跟在瓦里烏斯身邊應該會很有趣，所以我就跟著他一起來了。我的興趣是觀察生物和做實驗，特技嘛……現在最大的特技應該是可以從觸角發動攻擊吧？』

在我的指示下，貝希摩斯直接對大家的腦內如此自我介紹。

「這顆星球的另一側……該不會是自盡大陸吧？我只有聽過傳聞中好像有那樣的大陸存在而已……」

「應該就是那裡沒錯啦。如今瓦里烏斯若要尋找新的戰力，大概也只有從那裡找啦。」

聽完自我介紹後，普雷克斯與拉格翰分別提出各自的考量。

雖然說，我找上貝希摩斯的理由其實並非因為牠是自盡大陸的魔物，而是因為牠能發揮理論上最大的覺醒進化效果就是了。

我想著這樣的事情，並補充說道：

「不只是牠本身的強度而已……貝希摩斯的興趣其實在這次可以說幫上了我很大的忙。就在牠把我視為一種生物進行觀察的過程中，牠告訴了我可以藉由讓粒線體覺醒進化而變強的方法。要不是這樣，今天的戰鬥我應該會慘敗了。」

結果……「克努斯箭號希望」的成員們各個都瞪大了眼睛。

十幾秒的寂靜之後，泰瑞恩誠惶誠恐地對我問道：

「等等。你說你如果沒有變得更強就沒辦法贏……到頭來，今天的對手究竟是何方神聖啊？」

「簡單講……就是上次我在這地方打倒的那隻龍的同伴。那隻龍的同伴全部有三隻，而其中一隻擁有完全不同次元的強度……如果要打倒那傢伙，靠我以前的力量是不夠的。」

聽起來，泰瑞恩感到在意的是白虎牠們的真面目。

於是我如此回答後，泰瑞恩又進一步詢問：

「那個『強度完全不同次元的傢伙』……就是當時出現在天上的龍嗎？」

「不，跟牠又是不一樣的傢伙。反而應該說……就是因為我打倒那傢伙多花了一些時間，所以趕過來打倒那隻龍的時間才會變得那麼驚險。跟那隻龍的戰鬥本身其實是像消化比賽一樣喔？」

「「「「消、消化比賽……」」」」

大家異口同聲說道後，又再度陷入寂靜。

「確、確實啦……現在回想起來，當時你是一劍就砍死了那隻龍嘛。那樣不可能會是跟你實力抗衡的對手、吧……」

泰瑞恩露出好像可以接受又好像不太能接受的表情，如此做出結論。

然後……

「話說回來，關於當時的事情我還有一個想問的問題。你那招一劍砍死龍的招式，究竟是怎麼回事？」

泰瑞恩的好奇心似乎轉移到戰鬥內容上了。

「如果我沒看錯，你好像是從非常遙遠的地方攻擊的吧？」

「那招叫電磁砲噴射。就是把我自身當作電磁砲的子彈，加速到秒速三十公里以上，一口氣劈開對手的招式。簡單來講……那是我們大家一起開發出來，像是必殺技的東西。」

我對泰瑞恩的問題這麼回答。

然而……這次大家反而都沒有感到驚訝，只是愣著表情互相看來看去。

「呃……請問有什麼聽不懂的地方嗎？」

「……『電磁砲』是什麼玩意？」

我試著問了一下有沒有不了解的部分，結果普雷克斯這麼反問我。

……啊啊，我都忘了。

電磁砲如果是戰略兵器規模的東西，發射時需要龐大的魔力。

而在這個沒有馴魔師能夠提供那種龐大魔力的世界，電磁砲當然就不存在了。

我一時之間不知道該怎麼說明才好……但就在這時，我想到了一個好東西。

——就是我上輩子小學的時候，當成自由研究作業製作的手臂尺寸迷你電磁砲。

由於我在個性上是個只要有紀念性的東西都不會丟掉的人，所以找找看收納魔法應該可以找到吧。

於是我搜尋了一下收納魔法，便真的發現了我當成自由研究作業製作的迷你電磁砲。

「就是像這樣的武器。」

我說著，把電磁砲放到桌上……在射擊線上展開一面對物理結界。

「生於吾之魔力的庫侖力啊……矯正汝之心臟的顫動吧！」

如果是這種大小的電磁砲，需要提供的電力只需要生活魔法等級的心跳再起魔法就足夠。

魔法一發動……裝在電磁砲上的子彈就伴隨閃光朝結界發射了。

「雖然這種尺寸的東西只能發揮這樣的威力……不過只要加大規模與電壓，甚至會成為幾發子彈就能破壞要塞的武器。我是從這個武器獲得靈感，開發出那招必殺技的。」

「原……原來如……此？」

「好像聽得懂，又好像聽不懂……」

「說到底，為什麼瓦里烏斯先生會精通於那種誰也不曉得的攻城兵器啊……」

即使聽完我的說明，「克努斯箭號希望」的成員們還是表現出不太能理解的反應。

至於菲娜大概是對這種兵器類的東西沒有興趣的緣故，已經開始打瞌睡了。

「……差不多該把菲娜送回家啦。」

「說得也是。」

就這樣……我和泰瑞恩為了送菲娜回家，決定離開「奧利哈鋼美髮沙龍」了。

「那麼，請各位保重身體。」

「你也是。如果你又有什麼活躍事蹟，記得告訴我們喔～！」

在泰瑞恩以外的三個人目送中，我和高卡薩斯牠們一起走出了屋子。

和泰瑞恩一起把菲娜送回家後……我決定直接前往月球。

理由有二。

首先第一個，就是單純因為這次青龍的事情給阿提米絲添了麻煩，所以要去道歉並且致謝。

然後另外一個理由是……貝希摩斯說出了「我想到一種能夠將露娜金屬即時變換為上露娜金屬的魔法啦」這種話。

「貝希摩斯，那種事情真的辦得到嗎？」

『當然可以。如果你不信……要不要用還沒變換前的露娜金屬，讓我實際表演給你看看？』

既然貝希摩斯都這麼說了，於是我從收納魔法拿出一塊露娜金屬交給牠。

結果貝希摩斯從觸角射出光線，開始照射露娜金屬。

『好，完成啦。』

過了五秒後，牠這麼說著，把那塊露娜金屬還給我。

『這樣是不是就變成上露娜金屬啦？』

「就算你這樣問我……光從外觀上我也看不出來啊……」

我拿起貝希摩斯交還給我的露娜金屬到處觀察，如此呢喃。

然而……我沒有辦法實際驗證這究竟有沒有變成上露娜金屬。

那麼既然貝希摩斯那樣主張，就值得相信牠看看，把這東西帶到月球上實際給阿提米絲鑑定一下。

「不過……總之我們到月球去吧。老樣子，拜託你用直線挖穴者囉。」

於是，我如此告訴貝希摩斯。

『了解！』

直線挖穴者挖出固定金箍棒用的洞之後，我把金箍棒插進裡面，朝月球出發了。

順道一提，這次之所以不用電磁砲噴射而用金箍棒……是因為要帶貝希摩斯牠們一起過去。

如果用電磁砲噴射，能飛到月球的只有當子彈的我而已。

假設只是去道謝而已還沒什麼問題，但畢竟我不會使用那個露娜金屬變換魔法，所以若要順便為了這個目的前往，就必須照慣例使用金箍棒了。

而且……就算去程可以用電磁砲噴射縮短時間，回程還是必須把金箍棒伸向地表回去才行。

因此除非遇上什麼特殊狀況，否則電磁砲噴射適合當成移動手段的狀況其實並不多。

經過約一天的時間，我們抵達了月球。

「哦哦，瓦里烏斯！我有看到你的戰鬥喔。幸好當時你及時趕上呀！」

「關於龍的事情……真的很抱歉把妳捲入戰鬥了。然後，謝謝妳。多虧妳在絕佳的時機使用了轉移阻礙，讓我戰鬥起來順利多了。」

我對笑容滿面前來迎接的阿提米絲如此表示，並鞠躬致意。

「不不不，我才要道歉……施加了轉移阻礙之後，我還是讓那隻龍逃掉了。因為我沒辦法離開月球追得太深入，那時候好緊張轉移阻礙何時會解除呢。」

「原來妳想到那麼多……我只要妳平安無事就好了。」

「很高興聽到你這麼說！」

我們如此交談，笑了一陣子。

接著……我為了進入另一個主題，把貝希摩斯施加過魔法的露娜金屬拿出來給阿提米絲看。

「話說……這個，有變成上露娜金屬嗎？這是使用了跟平常不一樣的方式製造的……」

我說著，把金屬塊交給阿提米絲……於是她觀察一段時間後，開口回答：

「……有變，而且是變成第二穩定同位素。你說跟平常不一樣的方式……是怎麼做的？」

總之，貝希摩斯製造的上露娜金屬給阿提米絲看確實是上露娜金屬沒錯的樣子。

我因此鬆了一口氣後……想說反正是個好機會，就一邊實際表演一邊向阿提米絲說明吧。

「這是貝希摩斯做的……貝希摩斯，你可以把那邊還沒變換的露娜金屬山，用那個魔法盡你所能變換成上露娜金屬嗎？」

『小事一樁！』

我拜託後，貝希摩斯便飛向尚未變換的露娜金屬山……從觸角射出光線，照射那座山。

「……好、好厲害……露娜金屬以驚人的速度陸續變換成上露娜金屬了……！」

阿提米絲似乎能夠清楚看出變換的狀況，用興奮發亮的眼神盯著變換的景象。

一段時間後，貝希摩斯大概是把全部的露娜金屬都變換結束了，停下光線回到我們的地方。

『這樣如何呀？』

牠驕傲地如此說著，彈響手指。

「簡直不敢相信……我可以感受到自己的力量不斷湧上來呢……」

阿提米絲用陶醉的表情這麼呢喃。

其實……我也有稍微感受到那樣的感覺。

畢竟我的神通力是阿提米絲分給我的。

只要阿提米絲身邊的上露娜金屬一口氣增加，我的神通力也會連帶提升品質。

「這樣……足夠當成賠罪和謝禮嗎？雖然說這次是我把妳捲進一場危及性命的戰鬥，光這種程度的賠罪或許根本不夠就是了……」

「才不，沒有那種事。我和那隻龍的戰鬥確實是稍有一點差錯可能就會丟掉性命沒錯啦……但說到底，當初要不是有你把我帶回月球，這條命早就沒了。現在光是能活著，我就很感謝你啦。」

我們如此交談著，一同享受神通力的質不斷提升的感覺。

就在這時……眼前的空間忽然出現扭曲，接著一名眼熟的來客現身了。

「……麒麟！」

見到來客的身影，我和阿提米絲異口同聲叫道。

「……你的身體沒事了嗎？」

『託你們的福，沒事了。雖然到昨天還是連動一下都很吃力……不過今天就像這樣，已經康復到可以施展空間轉移的程度了。』

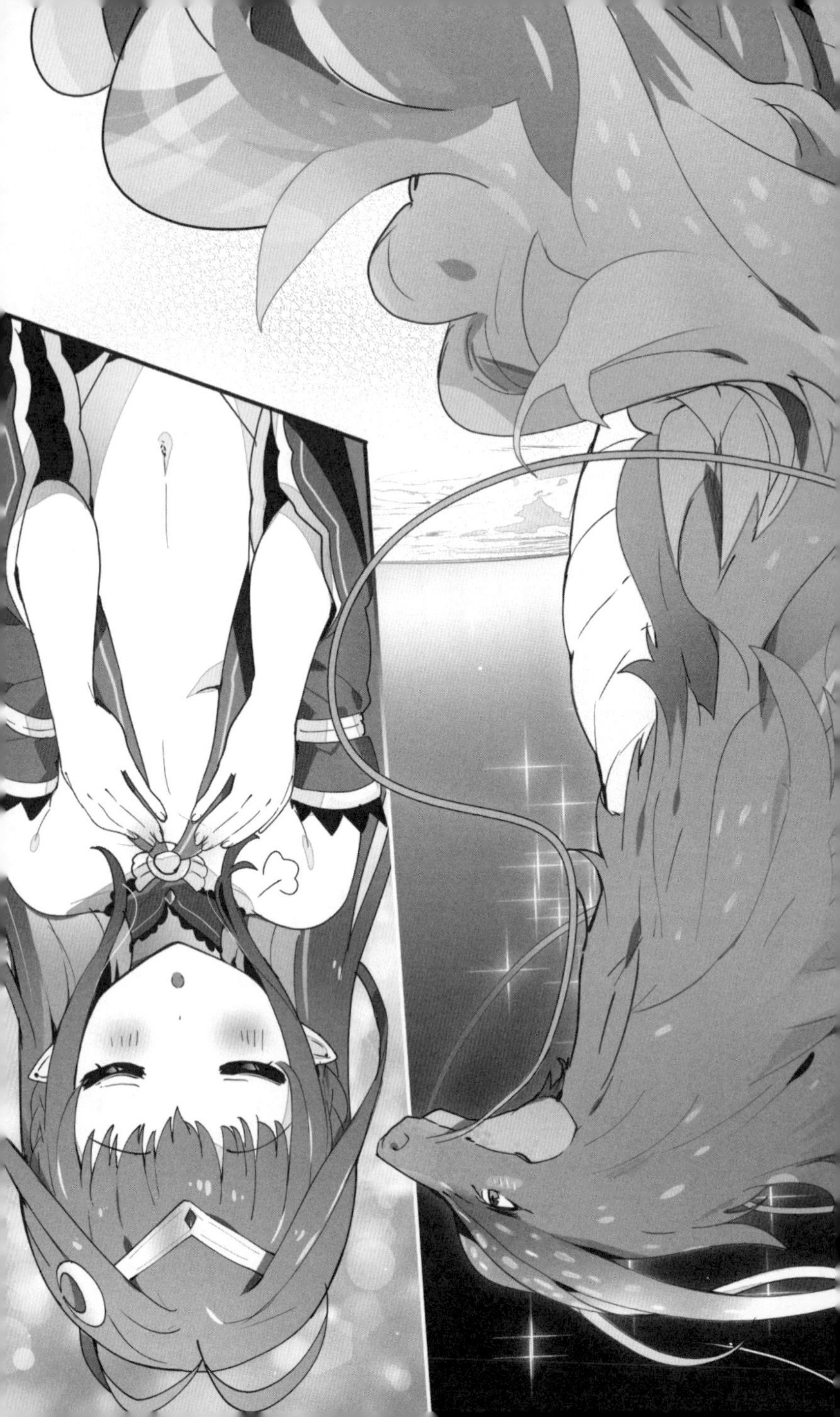

阿提米絲擔心詢問後，麒麟這麼回答。

接著——

麒麟朝著我們方向低下頭說道：

『瓦里烏斯，還有阿提米絲，本次討伐白虎一幫的行動，實在辛苦你們了。尤其是阿提米絲不但提供協助還讓妳跟青龍交手，真的很抱歉。然後，瓦里烏斯……當初我只因為你是獲得神通力的人類就向你提出這樣亂來的要求，然而你卻真的達成了我的請求；關於這點，我由衷感謝。你毫無疑問是我最引以為傲的馴魔師。』

麒麟抬起頭後——

舉起前腳，讓兩腳之間出現一團光球。

接著從光球中出現大量的金屬塊以及兩瓶很眼熟的瓶子。

『雖然稱不上是什麼大禮……不過我為兩位準備了這樣的東西。首先給阿提米絲的……是成山的露娜金屬。這是我今早在偶然發現的小行星上找到的東西，想說當成禮物剛剛好，所以就帶來了。至於給瓦里烏斯的……是可以無限撒出增味劑的瓶子。』

沒想到……連麒麟都準備了禮物。

牠明明大病初癒的說，總覺得有點不好意思啊。

『給瓦里烏斯的謝禮光是這樣或許有些寒酸……但畢竟我也尚未完全康復。等身體狀況完全恢復之後，我打算傳授給你讓從魔們戰鬥時的經驗值提升到三倍的力量，當作是追加謝禮。』

而且，眼前這些居然還不是全部。

「謝……謝謝你。老實說……剛剛在那邊的貝希摩斯，才剛幫我把這星球上的露娜金屬全部變換成上露娜金屬了。今天實在獲得太多，讓我有點驚恐呢。」

『那一幕我也有看到。不然要不要……請牠把這座山也全部變換掉？』

『只要對這座山也發動剛才的魔法就行了是吧！』

就這樣，露娜金屬堆成的山……很快被貝希摩斯變換為上露娜金屬的第二穩定同位素。

「謝謝你，麒麟。我明明只是做了身為一名馴魔師應該做的事情，卻還讓你為我準備了什麼謝禮。」

『這是哪兒的話！今後我還要你多多關照啊。』

我接著將無限增味劑的瓶子收進收納魔法後，決定差不多要離開月球了。

「我下次再來。」

「再會！」

『下次與你見面，大概是交換覺醒進化素材的時候吧。』

如此道別後，我與那三隻一起空間轉移到金箍棒的前端。

「……你們也聽到了。從今以後增味劑愛撒多少都隨你們高興囉。」

『『『好耶～！』』』

返回地表的途中……我提出這樣的許可之後，那三隻就像是忽然肚子餓似地開始口水直流了。

後來過了一個月的某一天。

我們再度出發前往王都了。

這裡講的我們是指——我和菲娜，高卡薩斯牠們與海克力斯，加上泰瑞恩。

由於王都要舉辦一場討伐了青龍與玄武的凱旋典禮……於是我們被叫去當主賓了。

雖然說，主賓其實只有我們三個人，但隨行的人數卻更多就是了。

除了我們之外，還有「克努斯箭號希望」的其他成員，以及艾莉亞與梅希亞也都一起反覆空間轉移，朝著王都移動。

「哦~真的超快的啊~」

一抵達王都……首先是梅希亞張望著周圍說出這樣的感想。

「移動時間五分鐘……你說時間會再縮短原來是真的……！」

接著，上次經驗過這個移動方法的泰瑞恩，則是對我由於月亮上的上露娜金屬增加而縮短了移動時間的事情，發出驚訝的聲音。

就在這時……我從收納魔法拿出筋斗雲，在內部展開一面對物理結界。

「那麼，菲娜與泰瑞恩先生以外的各位……請坐到這上面吧。」

我之所以這麼做，是想說既然他們都來了，就準備一個關係人專用的移動式特別座。

這個對物理結界能夠按照自己的意思移動，或是固定與自己的相對座標。

「等等……我記得這朵雲，我們應該坐不上去吧？」

「我在裡面展開了對物理結界，所以那個問題實際上沒有關係。只不過……如果沒有雲之類的東西，腳下完全透明也不太能心安吧？」

「我覺得就算是在雲上也差不多呀……」

梅希亞即使疑惑地歪著頭，還是坐上了筋斗雲。接著其他人也隨後坐上。

「我這邊會進行調整，讓雲移動到可以看清楚我們的位置。」

留下這句話後，我們三個人則是前往我們該去的場所。

所謂該去的場所……就是國王為我們準備的凱旋者用特裝馬車。

這輛馬車沒有車頂，讓周圍可以看見坐在車上的人……而且更重要的是，在後面的貨車上載有玄武和青龍的屍體。

典禮過程中我們要乘坐這輛馬車，在民眾圍觀中沿著通往王宮的大道緩緩行進。

老實講我對這種事情不太習慣，內心本來很想拒絕的……但是我也不能錯過像這樣清楚明瞭地讓大家對馴魔師的實力留下深刻印象的活動，所以只好抱著不得已的心情參加了。

也因為這樣的理由，今天的我是完全黑髮。

其實昨天我照鏡子才第一次知道……在使用融合的力量時，似乎會強制變成銀髮的樣子。

因此在剛才結束空間轉移之後，我就解除了力量的融合。

我們一抵達馬車前，衛兵便如此前來招待。

「瓦里烏斯大人，泰瑞恩大人，菲娜大人，歡迎三位大駕光臨。來，請坐到這上面。」

於是我們坐上馬車後稍等一會，凱旋典禮就開始了。

◇

「各位嘉賓，為日前同時發生的兩起異常事態中、守護了王都的三個人舉辦的凱旋典禮即將開始。」

透過擴音魔法……司儀的聲音響徹整座王都。

「那三人正是……瓦里烏斯大人、泰瑞恩大人以及菲娜大人。在王都郊外的迷宮忽然湧出大量魔物——而且是推估第兩百層等級的魔物大量現身時，這三位不但將牠們防堵在迷宮入口，更將同時出現於上空的神祕之龍一刀兩斷了。」

聽到司儀如此說明，觀眾頓時騷動起來。

「兩……兩百層等級！我是聽說好像有宛如惡夢般的魔物跑出來，但原來那麼誇張啊……」

「話說，應該沒有人踏足過那麼深的階層才對，那等級究竟是誰推估的啊？」

在一片吵雜中，我的耳朵聽到這樣的聲音。

司儀等待騷動稍微平靜下來後，繼續說道：

「泰瑞恩大人誠如各位所知，是『克努斯箭號希望』的成員。不過……另外兩位很意外地都是馴魔師。雖說意外，但其中瓦里烏斯大人正是當初把『克努斯箭號希望』救回來的人物，又是戰技大會的優勝者，因此知道他的人想必也不少吧。」

這次……觀眾雖然「哦哦——！」地發出驚嘆的聲音，然而並沒有像剛才那樣騷動起來。

這或許表示馴魔師真正的強度，已經在某種程度上逐漸成為一般共識了吧。

「然後……現在他們乘坐的馬車後面載的，就是迷宮魔物異常湧出現象的元凶以及那隻神祕的龍。兩者都是過去的紀錄中不存在的未知生物。各位嘉賓請盡情觀賞！」

司儀這段話說完後……我們這輛馬車左右兩側的儀式樂隊便開始行進，接著我們的馬車也動了起來。

未知生物……那也是當然的。

畢竟嚴格來說，牠們甚至不算生物嘛。

「哇！大家都在向我們揮手呢～！」

沿著大道行進中……菲娜有點興奮地如此說道。

原來她是對這種狀況能夠樂在其中的類型啊。

那麼對民眾揮手之類的事情就交給她負責好了。

我如此想著，同時從收納魔法拿出魔獸脆片。

「大家，來吃魔獸脆片吧。」

『……在這裡吃沒問題嗎？』

「這樣很有馴魔師的感覺，反而是很良好的示範不是嗎？」

『『『那就開動了～！』』』

我把袋子拿給高卡薩斯那三隻以及海克力斯（畢竟菲娜現在沒空餵魔獸脆片，所以由我請客）後……牠們便一起大快朵頤起來了。

討伐三尊邪神後，過了大約一年半的某一天。

我為了兩件事情回到精銳學院所在的城鎮。

現在我來到的……是建於精銳學院旁邊的某間工廠總部。

——「魔獸脆片股份有限公司」，是以大量生產魔獸脆片為目的創立的公司。

在總公司的某間房間中……一名髮色呈現明亮灰白色的友人，正站在講臺上拿著圖表進行報告。

「像這樣，本公司這一期的銷售成績，創下了相較去年成長百分之九九〇〇的紀錄……」

沒錯。其實這間公司的代表董事，是由艾莉亞擔任。

這當初並不是我拜託她的，而是她來找我表示，如果有什麼能做的事情，希望可以讓她幫忙。

至於理由則是「如果今後像我這樣強的馴魔師越來越多，繼續當個冒險者可能會飯碗不保，所以想思考一下今後的行動」的樣子。

對我來說，畢竟我本來就很想建立這樣的工廠，而且既然要建就需要有個在經營上負責大部分事務的人才，因此可謂是利害一致，我就將公司交給她了。

順道一提，副董事長是梅希亞。

之所以讓艾莉亞當代表董事，單純是因為她感覺比較擅長思考經營戰略之類的事情。

而現在正在進行的是……股東大會。

畢竟我姑且是總股權中保有百分之七十五左右的出資者，因此稍微來露個臉，順便看看公司狀況了。

其實公司剛創立時，幾乎百分之九十九都是由我出資……然而到了最近，開始有些商人表示「希望得到魔獸脆片股份有限公司的股權」，所以我在小心不讓股價大幅變動的前提下，慢慢把股權賣出去了。

我當初就是為了能夠做這樣的事情，才採用了股份有限公司的型態。

順道一提，魔獸脆片股份有限公司是在這個世界唯一的股份有限公司，因此並沒有像前世的股票上市之類的概念。

……搞不好「股份有限公司」這樣的經營型態本身，今後也會隨著魔獸脆片股份有限公司的飛躍發展而逐漸普及呢。

我雖然說是來露臉，不過完全沒有在經營上插嘴的打算。

說到底，我除了製造出將「切片↓油炸↓撒增味劑」的一貫作業一體化的生產用魔道具，以及借貸筋斗雲（在貝希摩斯的研究下發現了複製與解除乘坐限制的方法）之外，至今從來都沒有在公司經營上介入過任何一次。

「……以上，感謝各位靜聽。」

我聽到最後感覺都沒有什麼問題……於是領取完優待股東的魔獸脆片之後，便離開了總公司。

明天終於要舉行期待已久的**那個活動**了。

我壓抑著自己興奮的心情，進入夢鄉。

◇

隔天早上。

我來到精銳學院的職員室。

「哦哦，瓦里烏斯老師，早安。」

一進入職員室，校長就對我打招呼了。

……沒錯。我現在是以學生兼非定期講師的身分任職於這所學校。

「早安。請問有收到多少申請書呢？」

我對校長這麼問道。

「馴魔師學系的學生全部提交了。這是他們的申請書與成績表。」

結果校長說著，把一疊紙遞到我手中。

這個申請書的內容……是關於交付覺醒進化素材的契約。

由於馴魔師學系創立以來已經過了一年，我今天來到這裡的目的，是為了將覺醒進化素材交給第一屆學生中提出申請的人。

我本來想說根據收集到的覺醒進化素材數量與申請的學生人數，可能有需要嚴格篩選實際給予素材的學生，所以才請校方姑且幫我準備了學生的成績表……但到頭來我還是收集到了全班學生人數以上的素材，因此其實沒有挑選的必要了。

就這樣，我只大略看了一下申請書的部分。

申請書上有請學生填寫報名動機，多少可以進行像是「如果有人的目的是把力量用在對社會有害的事情上就刷掉申請」之類的判斷。

雖然說那樣的人多半不會把真的動機寫出來啦，所以這頂多當作是預先調查的程度就可以了。

看完申請書後，我的感覺是至少沒有什麼獲得覺醒進化素材不太妙的學生。

接下來我會跟每位學生面談。只要我判斷交付素材不會有問題，就會當場請對方在契約書上簽名並直接遞交素材。

我為了今天這件事特地請校方準備教室，我在這等待一段時間後……第一位學生進來了。

「初次見面。」

「初次見面，我是精銳學院馴魔師學系第一屆學生，名叫葉蓮娜！今日非常榮幸能夠見到大英雄瓦里烏斯大人！」

……怎麼一下子就來了個在某種意義上很勁爆的傢伙啊。

雖然說想不想跟我見面，對於審查結果絲毫都不造成影響就是了。

「哦哦……總之妳請坐吧。」

「是！」

「妳的從魔是蓋特林大黃蜂，報名動機是『為了保護村莊的產業』是嗎……我首先請問一下，妳當初馴服蓋特林大黃蜂有什麼理由嗎？」

所謂的蓋特林大黃蜂，是一種能夠從尾部像機槍一樣連續發射刺針攻擊的蜂型魔物，覺醒進化的強化率也算頗高。

當成從魔可說是相當不錯的選擇。

然而……這種魔物應該不容易發現才對。

因此我有點好奇她當初是怎麼遇上那隻魔物，才問了這樣的問題。

「我住的村莊盛行養蜂業，主要是採收蓋特林大黃蜂的蜂王漿。當初我會馴服蓋特林大黃蜂，也是因為自己多少知道該怎麼應對的緣故。」

「原來如此。」

這下……我也稍微看出這個報名動機代表的意思了。

「然後，妳為了能夠討伐蓋特林大黃蜂的天敵，以防牠們襲擊村莊，所以希望讓蓋特林大黃蜂進行覺醒進化，是嗎？」

「對對對，就是那樣！」

葉蓮娜一聽到我的猜測，立刻興奮地表示肯定。

照這樣子看起來，應該完全沒有問題吧。

於是我從收納魔法拿出一張契約書，放到桌上。

「我明白了。合格。請妳仔細詳讀這份契約的內容，如果同意就在上面簽名。」

這份契約書上記載著禁止利用覺醒從魔的力量幫助反社會性的行為，如果違反將會送入特殊監獄等等的注意事項。

雖然這內容感覺有點恐怖，但畢竟現在擁有覺醒從魔的馴魔師人數，還沒有到達能夠互相自治的程度。

因此我認為在走上軌道之前，有必要在某種程度上嚴格運用，才加入了像這樣的條目。

「我簽好了！」

「那麼這些請拿去吧。」

我將契約書的副本與六種覺醒進化素材交給葉蓮娜。

「非常感謝您！」

葉蓮娜對我深深鞠躬，離開了教室。

真是個好人。是不錯的好兆頭呢。

剩下三十九名學生。

我內心期待著接下來會遇上什麼樣的人物，等待下一位學生進來了。

大約六個小時後。

跟所有學生面試完的我，來到精銳學院的一處廣場。遞交了覺醒進化素材的學生們都在那裡等候。

到最後，我還是把覺醒進化素材發給了所有第一屆學生。

畢竟當中並沒有什麼特別有問題的人物。

雖然只有一名學生的GPA（成績評價指標）讓人有點擔心……但那學生也不是什麼討厭讀書的戰鬥狂，只是因為經常生病請假而已。

我拿萬靈藥給那學生治好宿疾後，對方甚至還表示「這下我可以專心讀書了！大恩大德，我終生不忘！」對我大為感謝。

而今天之所以把結束面試的學生們集合起來……是為了指導覺醒進化的做法。

其實這種事情只要把詠唱咒語印在契約書上就很足夠了。

但我想說這是個觀察學生狀況的好機會，因此決定親自來指導。

「一、二、三……四十。大家都到了呢。」

確認全員到齊後，我從收納魔法拿出覺醒進化素材的仿製品。

這些仿製品是我為了在今天的指導課程上使用而自己製作的。

『高卡薩斯，你坐到我旁邊。』

『了解。』

我讓高卡薩斯來到我右邊，並且把覺醒進化素材的仿製品排列在牠周圍。

「大家像這樣把覺醒進化素材排列好之後，詠唱我接下來說的咒語：『麒麟啊，願汝賦予力量的祝福。』」

「「「是！」」」

我說明完做法後，學生們都很有精神地回應。

「由於這些是仿製品，所以就算我詠唱了也什麼事都沒發生。不過在實際進行的時候，各位的從魔應該會有幾秒鐘的時間綻放出七彩光芒。只要從魔感受到自己的力量增加……就表示成功囉。」

「「「知道了！」」」

學生們立刻按照我說的開始行動……不久後，廣場上到處出現了七彩的光輝。

我用氣息探測魔法也可以確認到近處有魔物大幅強化的反應，數量剛剛好是四十個。代表所有人應該都成功了。

「大家怎麼樣？」

「從魔說自己變得超強的！」

「說野生的魔物已經不是牠的對手了！」

「牠說想要快點去迷宮的樣子！」

我問了一下覺醒進化後的從魔們狀況如何，於是學生們紛紛向我報告自己的從魔進化後的感想。

……實際上以現在大家從魔的實力來說，要攻略到迷宮最下層還有點難度。畢竟那樣的魔物必須等大家接下來打倒自己過去的強敵，賺取大量經驗值後才能逐漸應對。

不過那部分也是當馴魔師的有趣之處，就讓大家在今後的學校生活中一步步體驗吧。

「那、那個……我的蓋特林大黃蜂說牠想快點去迷宮，請問可以去嗎？」

「我的強波鰕虎也是那麼說。」

「我的毒液大師也是！」

很快地……覺醒進化結束的從魔們想要去嘗試戰鬥的樣子。

……嗯，這或許也是當然的。

畢竟像我的從魔們也是，高卡薩斯和巴力西卜當初覺醒進化之後，就去獵了雙足飛龍回來，貝希摩斯甚至還報復了煉獄龍。

我本來想說用貝希摩斯的改良嵌合體的肉，舉辦一場烤肉大會也不錯的……但是照這樣子看來，今天還是快快解散，讓學生們去迷宮比較好吧。

「好的。既然這樣，請大家去好好享受吧。」

「「「謝謝老師！」」」

我下達許可後，學生們便立刻朝精銳學院附屬迷宮的方向奔去。

雖然要是有人過於得意忘形，進入超過自己實力的階層會很危險……不過反正最壞的狀況下，我還可以用死者復生讓學生復活，所以萬一真的發生那種事，就當作是給學生們的教訓吧。

精銳學院的馴魔師學系是在錄取率幾百分之一的報考人數中，經過嚴格的適性檢查篩選出學生，因此應該不會有什麼重蹈覆轍的白痴才對。

今天接下來的時間，我決定姑且用千里眼觀望一下學生們的狀況。

後來過了幾天，數量驚人的強大魔物素材被提交到迷宮入口旁的屋子，讓職員室開始流傳起「時代終於要開始啦……」的傳聞了。

後記

各位好久不見。

我是作者可換環。

其實我都已經到了本作品的第三集才得知一項重大的事實。

那就是「只要在作者簡介欄有寫明作者出身地或現在居住地，該地方的圖書館將那本書永久收藏的可能性就會提高」的事情。

老實說，當我在第二集出版後才得知這件事的時候，恨不得自己可以早點知道呢。

雖然我姑且打著「只要系列作品中有任何一本註明，而那一本達到永久收藏的基準，應該就會順便把整部系列作品都永久收藏吧」的如意算盤，在這次的作者簡介中提到這點，但結果實在難料。

哎呀，這種事情也只能聽天由命了吧。

……由於這次的後記篇幅只有兩頁，閒聊話題就寫到這邊好了。接下來是重大告知。

漫畫版的底層職業馴魔師第一集和小說版第三集一樣在六月二十五日（此指日本）發售囉！

雖然去年十月（此指日本）在COMIC GARDO開始連載的時候，我就有種「哦哦！終於啊……！」的感覺，不過現在單行本出版的感動比當時更深呢。

擔任作畫的にわリズム老師將情景畫面描繪得非常有魄力，請各位務必要買來看看！

我想肯定可以讓各位讀者享受到跟小說版不同的樂趣。

另外漫畫版也收錄了我寫的小短篇，希望各位讀者能夠一併閱讀享受。

最後，僅讓我在此向各位表達謝意。

在本作品以書籍的形式出版的所有過程中，都在背後默默支持的責任編輯N大人。

為本書提供出色的封面與插圖的カット老師。

從其他部分參與了本書製作的所有同仁，以及各位讀者。

託大家的福，讓本書順利出版了。

真的非常感謝各位！

馴魔師馴服自己的作品應該並不多見，或許多少有些人會感到很前衛，不過包含這點在內，希望本作品能夠讓各位讀者覺得有趣。

國家圖書館出版品預行編目資料

關於我靠前世所學讓底層職業的馴魔師大翻身這檔事 / 可換環作；陳梵帆譯. -- 1 版. -- 臺北市：城邦文化事業股份有限公司尖端出版：英屬蓋曼群島商家庭傳媒股份有限公司城邦分公司發行，2022.06-

冊；　公分

譯自：**俺の前世の知識で底辺職テイマーが上級職になってしまいそうな**

ISBN 978-626-316-890-9（第 3 冊：平裝）

861.57　　111006277

浮文字

關於我靠前世所學讓底層職業的馴魔師大翻身這檔事 3

（原名：俺の前世の知識で底辺職テイマーが上級職になってしまいそうな件 3）

著　　者／可換 環
執 行 長／陳君平
榮譽發行人／黃鎮隆
協　　理／洪琇菁
總 編 輯／呂尚燁
繪　　者／カット
美術總監／沙雲佩
美術編輯／徐祺鈞
執行編輯／曾鈺淳
企劃宣傳／楊玉如、施語宸、洪國瑋
譯　　者／陳梵帆
國際版權／黃令歡、梁名儀
文字校對／施亞蒨
內文排版／謝青秀

出　　版／城邦文化事業股份有限公司 尖端出版
台北市中山區民生東路二段一四一號十樓
電話：（〇二）二五〇〇—七六〇〇
傳真：（〇二）二五〇〇—二六八三
E-mail: 7novels@mail2.spp.com.tw

發　　行／英屬蓋曼群島商家庭傳媒股份有限公司城邦分公司 尖端出版
台北市中山區民生東路二段一四一號十樓
電話：（〇二）二五〇〇—七六〇〇（代表號）
傳真：（〇二）二五〇〇—一九七九

中彰投以北經銷／楨彥有限公司（含宜花東）
電話：（〇二）八九一九—三三六九
傳真：（〇二）八九一四—五五二四

雲嘉以南／智豐圖書有限公司
（嘉義公司）電話：（〇五）二三三—三八五二
傳真：（〇五）二三三—三八六三
（高雄公司）電話：（〇七）三七三—〇〇七九
傳真：（〇七）三七三—〇〇八七

香港經銷／一代匯集
香港九龍旺角塘尾道六十四號龍駒企業大廈十樓 B&D 室
電話：（八五二）二七八三—八一〇二
傳真：（八五二）二五八二—一五二九

新馬經銷／城邦（馬新）出版集團 Cite（M）Sdn. Bhd.
E-mail: cite@cite.com.my

法律顧問／王子文律師　元禾法律事務所
台北市羅斯福路三段三十七號十五樓

二〇二二年六月一版一刷

■中文版■

郵購注意事項：
1.填妥劃撥單資料：帳號：50003021戶名：英屬蓋曼群島商家庭傳媒(股)公司城邦分公司。2.通信欄內註明訂購書名與冊數。3.劃撥金額低於500元，請加附掛號郵資50元。如劃撥日起 10～14日，仍未收到書時，請洽劃撥組。劃撥專線TEL：(03)312-4212 ・ FAX：(03)322-4621。E-mail：marketing@spp.com.tw